光文社文庫

文庫書下ろし

雪華燃ゆ
上絵師 律の似面絵帖

知野みさき

光 文 社

この作品は光文社文庫のために書下ろされました。

目次

第一章　春の兆し

一

唇が触れて……離れた。

一尺と間のない涼太と目が合って、律は慌ててうつむいた。

「じゃ……また明日」

「はい」

目を落としたまま短く応えて、引き戸が開け閉めされる音を聞く。

足音が遠ざかってから、律はほぅっと胸へ手をやった。

——俺が好きなのはお前だけだ、お律——

今しがた聞いた涼太の声が耳元によみがえる。

——店を継いだ暁には、俺と一緒になってくれ——

好きだと告げられたばかりか、突然の求婚に胸が高まり、律は喉を詰まらせた。

私も好き——と返答を絞り出す前にみるみる涼太の顔が近付き、目を閉じる間もなく唇に唇が触れていた。

俗にいう「口吸い」ではなかった。

一つ、二つ数える間、そっと唇が合わさっただけだ。

今のが「接吻」……？

四、五年前、まだ嫁ぐ前の香に教わった言葉である。

睦みごとの代わりや最中に互いの唇を求め合う「口吸い」とは違い、「接吻」は好意を相手に示す口づけのことで、蘭学書にも記されている西洋人の習慣の一つだという。

あの時は遠い異国のことであり、己には縁のない言葉だと、香の博識にただ相槌を打った律だった。しかしたった今の出来事と「接吻」という言葉がつながったおかげで、胸の動悸は収まらず、頬もますます熱くなる。

神無月も半ばになった夕刻だった。

両国の茶屋・江島屋の看板娘だった京を殺害した裕二が、京の似面絵を求めて相生町に現れたのが四日前。

――明日、お前の家に行く――

裕二を殴り飛ばして、あわや人質になるところだった慶太郎の危機を救った涼太は、そう思わせぶりに囁いたのだが、翌日律たちが二人きりになることはなかった。涼太が店を抜け出してきた八ツの鐘が鳴ると同時に、定廻りの広瀬保次郎、続いて香が長屋に現れたからである。

次の日は隣家の今井直之と茶のひとときを三人で過ごし、昨日は涼太は得意先回りに忙しかったようで一日中姿を見せなかった。

今日は昼過ぎに指南所から戻った今井が上野へ出かけて行ったため、八ツまでの時を律はそわそわしながら過ごしたものだ。

七ツを過ぎ、もう来ないだろうと諦めた七ツ半が過ぎたのちに涼太は現れた。

夕刻ゆえ長居はできないが――と前置きしてから、「綾乃さんとはなんでもねぇんだ」と涼太は四日前に言ったことを繰り返した。それから「誤解のねぇよう言っておく」と、律に想いを打ち明けたのだった。

涼太とは二十年来の幼馴染みである。律にとっては初恋の君でもあるが、表店――しかも町で一番の大店・青陽堂の跡取り息子と、裏長屋の一職人の己では、身分違いだとはなから諦めていた想い人であった。

ここしばらく、もしやと期待していただけに、「お前だけだ」とまっすぐ見つめられた時はまだ取り乱さずにいられた。

だがまさかの求婚には、頷くことさえできなかった。

更に思わぬ接吻に頭が真っ白になった律だったが、今になって、真ん丸に目を見開いたままだった己はさぞかし間抜けに見えたろうと落ち込んだ。

唇に触れるべく指を伸ばしたものの、触れた途端に全てがなかったことになりそうな気がして怖くなる。

でも、さっきのは夢じゃない……

己に言い聞かせてから律はゆっくり立ち上がり、土間に下りて柄杓(ひしゃく)を取ると、水瓶から茶碗に水を汲んだ。

おそるおそる茶碗に口をつけて、乾ききった喉を潤(うるお)す。

同じ無味でも、茶碗の固さが逆に涼太の唇の柔らかさを思い出させた。

また明日、と涼太は言った。

いつもと変わらぬ挨拶だ。

明日はおそらく今井も家にいて、いつも通り八ツ過ぎにみんなで茶を飲むのだろう。

それとも。

それとも——明日もまた二人きりで会おうということなのか？

悩んでいると今井の足音が聞こえてきて、律は思わず茶碗を落としそうになった。

二

「どうも気に召さないらしくてね」

「そうですか……」

雪永を前にして律は落胆を隠せなかった。

下描きを返されたのはこれで二度目だ。それぞれ三枚ずつ違う意匠を描いているから、六つの案が却下されたことになる。

意匠は椿。

上絵師の看板を掲げてから初めて手がける着物の注文である。

華やかなものを、という注文に沿えるよう、雪永から借りた椿絵の画本を律なりに丹念に検討し、八重や牡丹咲き、または一重でも大柄な意匠を中心に下描きしていた。

注文主は雪永だが、着物は贈り物で、相手は律とほぼ同い年の若い女ということだ。「野暮なことは訊くんじゃないよ」と呉服屋・池見屋の類に言われたため、それ以上は知らぬのだが、雪永は類と同年代――四十代前半と思われる。

となると贈り先の女は雪永の年の約半分だ。

粋人として名を馳せている雪永なら若い恋人――または馴染みの遊女――がいてもおかしくないが、隠し子ということもありうると律は勘繰っていた。

「すぐに描き直しますから」

「悪いね。だが明日から三日ほど出かけるから、そう急がずともいいよ」

そう言って雪永は微苦笑を漏らした。

悪い、と思っているのは本当だろうが、材木問屋の三男で金に苦労していない雪永だ。律の懐事情までは気が回らないと思われる。

五日前——涼太と接吻を交わした日——に、律は池見屋に巾着絵を五枚納めたが、それらは着物の前に受けた仕事だった。その際しばらく着物に専念したいと申し出て、類も了承してくれたので、次の巾着絵は請け負わずに戻って来た。翌日には温めていた下描きを三枚描いて張り切って雪永のもとへ出向き、雪永もその日のうちに着物の持ち主となる女へ伺ってくれた。だが、これと気に入ったものはなかったと、次の日あっさり告げられた。

二日後にまた女を訪ねるというので、更に三枚下描きして雪永に届けたのが昨日の午後である。今度こそはと期待を抱いて今日も日本橋へ出て来たというのに、思うようにはいかないものだ。

類から此度の着物の手間賃は少なくとも三両、出来栄えによっては五両以上と言われている。これまた出来栄えによるが、巾着絵の実入りが月に一両から一両二分の律にとっては三両でも大金だ。類の手間賃を考えると着物の値は五両から八両ほどにもなるだろうが、雪永は十両二十両とする着物や小間物、指物を仕立てるのも珍しくないらしい。

ふと思いついた贈り物だけに雪永はのんびり構えているが、いつもの巾着絵の実入りが無い分、焦りを覚え始めた律だった。

日本橋・佐内町にある雪永宅から長屋のある神田相生町への道のりを、律は返された下描きを抱えて悶々としながら歩いた。

墨絵なのがまずかったのだろうか？

下描きには「地色　柳染」「花　水柿」など色を書き込んであるが、粋人の雪永はともかく、素人が仕上がりを思い浮かべるのは難しいかもしれない。

次の下描きには大まかな色を付けてみようと思うものの、思い描いた全ての色の染料が家にある訳ではない。近い色でも見本そのままと勘違いされるのは避けたいが、使わぬかもしれない色を揃えると予定外の出費になる。

――基二郎さんに分けてもらおうか？

ふと、糸屋・井口屋の次男で、染色を手がける基二郎のことが頭に浮かんだ。

が、すぐに小さく頭を振った。

なんとなく涼太に悪い気がしたからだ。

同じ長屋の佐久が律と基二郎を取り持とうとしているのは、長屋のみんなどころか香も知っている。直に聞いてはいないが、香の口から涼太が知っていてもおかしくなかった。

基二郎とは半月ほど前、二人で浅草の染物屋を訪ねて以来会っていない。それ以前も花見や井口屋で幾度か話した程度で、二人きりで出かけたのは浅草が初めてだ。もちろんやましいことは――男女の仲を匂わせるようなことは――何もない。

――お律さんは、その……身を固める気はねぇんでしょう？――

帰り道で基二郎はそう切り出した。

──少なくとも、俺に気がねぇことくらい判ります──

基二郎さんは、私の涼太さんへの気持ちを見抜いていたのかしら？

しかし基二郎と話したほんの半月前までは、本当に身を固める気などなかったのだ。

母親──のちに父親も同じ者に殺されたと知ったが──の仇討ちが終わって尚、涼太への想いは胸へ閉じ込め、上絵師として独り立ちしようと決意していた。

それがあれよあれよという間に相思になって、思いがけぬ嬉しさと大きな戸惑いが律の中でない交ぜになっている。

あれから──接吻を交わしてから──涼太とは一度しか会っていなかった。

二人きりではなく、今井と一緒に八ツの茶を共にしただけである。

今井に気取られぬよう「いつも通り」に振る舞おうとした律だったが、涼太と目を合わせるのは気恥ずかしかった。また涼太もどこか所作がぎこちなかった。

己が気付いたくらいだから、幼い頃から律たちを間近で見てきた今井も何か察したろうと思われる。今井や香にばれるのは時間の問題だと判っているが、涼太のぎこちなさが律には気になった。

気を悪くしたかしら……？

涼太が真剣に想いを打ち明けてくれたというのに、うまく応えられず、見送りもろくにできずにいた己を思い出して不安にかられる。

――そんなことより、今は着物の下描きを。

思い直して背筋を正してみたものの、顔は意に反して下を向いてしまう。

涼太とのことはとても「そんなこと」では片付けられない。

溜息をついて木戸をくぐると、通りすがりに大家の又兵衛が引き戸を開いて呼び止めた。

「りっちゃん、待ってたよ」

引き戸の向こうでは見知らぬ男女が火鉢にあたっている。

男は又兵衛と変わらぬ初老で、女は三十路を一つ二つ越えた年頃に見える。

「そろそろ戻る頃じゃないかと思ってたんだ。それにしても外は寒いな。こちらは私の友人で、花房町にある長屋の大家の泰助さん。それからそこの店子のお勢さん。その……似面絵を頼めないかと思ってね」

窺うように訊いたのは、先日の事件もあって、律は「お上の御用」以外、似面絵を描かないと公言しているからだ。

律が断りを口にする前に、又兵衛は畳みかけるように続けた。

「お勢さんだがね、将太って名の男に結構なお金を騙し取られちまったんだ」

「まあ……」

「そいつは口が上手くてねぇ。騙されたと判ってそいつの住処に行ってみたんだが、既にもぬけの殻だったそうだ。お勢さんは他に餌食が出ないように、そいつの似面絵を妙齢の女子たちに見せて回りたいと、恥を忍んで泰助さんに申し出てきたのさ」

又兵衛が言うと、勢は神妙に一礼した。

化粧気がないせいか、面立ちは十人並み。細い上に、鉄色の袷を着ていて暗い顔をしているために三十路越えと律は踏んだが、今少し明るい色の着物なら二十代に見えないこともない。色は黒い方だが眼下の隈が痛々しかった。

「私が莫迦だったんです……大年増にもなって、あの男の本性を見抜けなかった。他の人には同じ過ちを犯してほしくありません。どうかあの男の似面絵を描いてもらえませんか？」

勢はか細い声で後悔を露わにし、両手をついて十も年下の律に再度頭を下げた。

「頼むよ、りっちゃん」と、又兵衛。

「私からもどうか──些少ですが、お礼もこの通り」

懐紙に包んだ物を取り出しながら泰助も言った。

「そういう事情なら……」と、律は頷いた。

常から世話になっている又兵衛の頼みであるし、勢のようなしおらしい女から金を騙し取るような男は、同じ女として許し難い。

また「些少」でも実入りになるのが今はありがたかった。

家から筆を持って来て、勢から将太の顔かたちを訊き出した。

男にしては細めの眉はまっすぐで、切れ長の目尻には笑い皺が少しある。ほくろなどの目立つ特徴はないものの、額はやや広く、年も四十路手前だというが、うりざね顔のなかなか見目良い顔立ちをしている。

「色男というほどじゃあないね。若い頃ならまだしも」

「いい年して女を食い物にするとは情けない限りだ」

又兵衛と泰助が口々に言う横で、勢はうなだれたまま描き上がった似面絵を手にした。

「そっくりです……お律さん、ありがとう」

「いいえ。しかし、お勢さん。騙されたと仰るなら、定廻りの旦那さまにでも申し出てはいかがでしょうか？」

保次郎を思い出しながら律は言ってみた。

が、勢は小さく唇を嚙んで首を振った。

「お上を煩わせるようなことではないのです。騙されたという証拠もありませんし……あの男の甘言に気を許した私がいけなかったのです。傍目にはただの痴情のもつれでしょう。ただ、他の人には私と同じようなみじめな思いをして欲しくありませんから……」

殊勝に言って、勢は泰助から懐紙の包みを受け取り、律に差し出した。

似面絵の代金は、貯えのほとんどをなくした勢のために、長屋のみんなが少しずつ出し合ってくれたそうである。

「——ああいう気弱な性質だから、男につけこまれちまうんだろうねぇ」

勢と泰助が辞去してから、又兵衛が言った。

勢は十代で嫁いだが、子供ができずに離縁されて出戻ったそうである。後妻の話もあったがまとまらぬうちに両親が相次いで他界した。しばらく弟一家と住んだものの反りが合わず、泰助の長屋で一人暮らしするようになったという。近所の洗濯屋の手伝いをして暮らしをまかなっており、将太は半年ほど前に洗濯屋に現れた客だった。

「将太は雇われの小間物の行商でね。一所懸命やってきたおかげで、もう少しで店を持つことができる。店を持った暁には俺と一緒になってくんな……なんて言って、お勢さんをたぶらかしたそうだ。小さいが居抜きで使えるいい店を見つけた。他のもんに取られないよう早く手付けを払わないといけねぇ。俺の手持ちの金じゃ足りないから、ちょいとお前の貯えを貸してくれ……そんな風に持ちかけられて、お勢さんは虎の子を出しちまった」

似たような言葉で求婚された律は、ちらりと涼太を思い出しながら問うた。

「小間物屋の行商っていうのも嘘だったんですか？」

「いやそれは本当だった。ただ雇われたのは半年ほど前——ちょうどお勢さんの働く洗濯屋に顔を出し始めた頃で、それまでもいろんな商売を転々としてきたようだ。小間物屋の話じゃあ、元は浪人だったらしい。もっとも仕官を諦めてから既に十年以上、今はすっかり町人さ。年はいってるがまあ悪くない顔立ちだからねぇ。役者まがいの色男よりも、案外あれくらいの方が女も安心するんじゃないかね？」

今度は何故か基二郎の顔が思い出されて、律は内心頭を振った。

「はあ……そうかもしれません」と、曖昧に相槌を打つ。

「こう言っちゃあなんだが、大年増の焦りもあったろうねぇ」

「そうでしょうか？」

「そうともさ。今後もずっと女一人じゃ寂しいだろうよ。泰助さんが言うには、お勢さんの後妻話もね……一つ目は死別した前妻がまだ忘れられないからあと一年待ってくれ、なんて言われて待ってる間に、相手はぽっと出の女とできちまったそうだ。二つ目は話を受けた直後に相手の商売が傾いちまったから、苦労が判ってるところへ娘はやれないとご両親が反対して……お勢さんは一緒に借金を返していくつもりで相手の男としばらく会っていたそうだがね。結句、借金は返せずじまいで相手の店は潰れ、男は夜逃げしちまった」

「それは不運な」

「そうそう。男運のない人さ。その後も一つ二つと浮いた話はあったようだが、まとまらないうちに三十路を過ぎて……将太って野郎のことはどうも胡散臭いと洗濯屋の女将は止めたそうなんだが、お勢さんは聞かなかったそうだ。まったく恋は盲目だねぇ」

「せめてお金を取り戻せるとよいのですが、お勢さんには将太って人を捕まえようって気がないようですね」

「そうなんだ。ほれ、あの定廻りの広瀬さま。あのお人なら力になってくれそうなもんだけどねぇ。貯えを根こそぎ取られたってのに、この先不安じゃないのかねぇ？　私なら地の果てまでも追っかけて、袋叩きにしてやるところなんだが」

「……なんだか物騒な話をしておりますな」

戸口の向こうで今井が苦笑したのが判った。

「こりゃ先生、お帰りなさい。そうそう貸本屋から本を預かっておりますよ。いやちょっと、りっちゃんに似面絵を頼んだところでしてね……」

噂話が好きなのは女だけとは限らない。

腰を上げて、律は今井と入れ違いに又兵衛宅を後にした。

家に戻ってから、礼として受け取った懐紙を開く。

銭差でまとめられた四文銭で二百文だったが、少ないとは思わなかった。

金を稼ぐということが——特に独り身の女には——そう簡単ではないことを、律は身を以て知っている。

三

五日後、律は改めて三枚の下描きを携えて雪永を訪ねたが、その翌日の昼下がり、雪永自身が長屋へ訪ねて来て、またしても描き直しを告げられた。

「あの……その方に会わせていただけないでしょうか？」

思い切って問うてみる。

「何が駄目なのか——どんな着物を所望されているのか、直に会ってお訊きできたら、お望みの絵を描くことができるし、雪永さんのお手間もかけずに済みます」

「ふうむ」と、雪永は顎に手をやった。

それからゆっくりと微笑を漏らす。

「良いかもしれんな。ただし、私の一存じゃあ決められない。一緒に女将に訊ねてみようじゃないか」

女将というのは類のことで、雪永は初めから池見屋に行くついでに律の長屋に寄ったのだという。

何故、類に伺いを立てねばならぬのかを訊く前に、「表で待つから」と雪永は出て行った。よそ行きに着替えた律が表へ急ぐと、二丁の町駕籠が待っていた。待たせていた駕籠の他にもう一丁、律が着替える間に捕まえたそうである。

律は駕籠が苦手である。慣れぬ上に、夏には騙されて駕籠で仇のもとへ連れて行かれたからだ。しかし大事な客である雪永の厚意は無下にできない。

恐縮しながら乗り込んで、駕籠が揺れるままに身体を任せる。

律を見た類が怪訝な顔をしたのも一瞬で、すぐに奥の座敷に通された。

「お千恵（ちえ）に会いたいというんだがね」

雪永が告げると、「ふうむ」と類も顎に手を当て律を見た。

「なかなか下描きを気に入ってもらえないんです」

言いながら律は持って来た九枚の下描きを取り出した。

「もう三べんもお伺いしてるんです」

「最初に描いたのはどれだい？」

類に言われて、律は描いた順に下描きを並べた。

「……初めに描いたのが一番いいね」

「ええ……」

自分でもそう思っていた。

一枚目の下描きは曙（あけぼの）という椿で、花は白っぽいものから鴇色（ときいろ）くらいの薄い紅色が多い。開き切らぬ五分咲きや七分咲きが愛らしく、律は地色にごくごく淡い鳥ノ子色（とりのこいろ）、花は薄紅梅と灰梅色（はいうめいろ）の二色を主に使おうと考えていた。

「初めの三枚はどれも悪かない。こいつはまあまあ、最後の三枚はまるで駄目だね」

まあまあ、と言われたのは二度目の二枚目で、白地に大輪の紅荒獅子（べにあらじし）を散らした。これなら——と密かに期待しながら描いたものである。それでもやはり最初の三枚には劣るような気がしたし、実際気に入ってもらえなかった。まるで駄目、と言われた最後の三枚は、色付きにしただけに、今となっては派手さだけが目に付いてしまう。

だがそれもこれも、相手の好みが判らぬからだ。

二度も下描きを却下されて、庶民の己が思う「華やかさ」は、着物をあつらえるような贅沢な女子とは多分に違うのだろうと考えた。三度目は花の数を増やして大きめに、色も明るいものを心がけたのだが、かえって安っぽくなってしまったように思う。

「駄目だとは思ったんですけど――」

「ほう、そんなものを客に渡したのかい？　しかもうちの得意客に？」

「それはつまり、私の好みとは違うと。だ、だからお訊きしたいんです。その……」

女の名前を思い出しながら必死で訴える。

「お千恵さんて方にお会いして、好みをお伺いしたいんです。お話しするのが無理なら、遠くから眺めるだけでもいいんです。お姿や身に着けてる物が判れば、その方に似合う絵を描くことができますから」

「ふうん。言うじゃあないか」と、類はわざとらしく鼻を鳴らした。

雪永を見やると小さく頷いて見せる。

「いいかもしれないね。お律とは昨日今日の付き合いじゃあない。この子みたいなのと話すのは、案外あの子には気晴らしになるかもしれない。雪永、あんたはどう思う？」

「お類がいいなら私に否(いな)やはないさ」

「よく言うよ。あんただってそう思ったから、お律を連れて来たんだろう」

二人がくだけた物言いになったことに律は気付いた。「女将さん」「雪永さん」と言っていたのも呼び捨てになっている。

二人はもしや、男女の仲なのだろうか？

とすると、「あの子」とは一体――？

勘繰る間もなく、類があっさり付け足した。

「ああ、お律。お千恵ってのは、私の年の離れた妹さ」

四

手を叩いて類が手代の征四郎を呼びつける。

「駕籠を三丁寄越してもらっとくれ」

「はい」

「今から行くのかい？　お類も？」と、雪永が目を丸くする。

八ツを過ぎたばかりだが、冬至までまだ十日余りある真冬で日は短い。

「いちいちあの子にお伺いを立てて、大ごとにするこたないだろう。思い立ったが吉日さ。それに私もしばらくあの子の顔を見ていないしね」

また駕籠か……とげんなりしたのも束の間で、三丁の駕籠がつけたのは、池見屋から半里ほどの宮永町の一軒家だった。宮永町は不忍池の北西に位置する町で、家のある一画は寺と武家地に近いせいかひっそりと静かである。

小さくも板塀に囲まれた家は、律のような一介の町娘には近寄り難い。

門をくぐったところに二つだが姫侘助が花を咲かせている。

花の見頃――睦月の半ば――に間に合うように、と雪永に頼まれた椿の着物だ。早咲きの椿が少々恨めしく、新たな焦りを覚えてしまう。

「まあお姉さん、お久しぶりね」

使用人と思しき老女と共に、千恵が明るい声で迎えた。

玄関からすぐが八畳の座敷で、おそらく左が土間で右が次の間。中と奥の間もそう変わらぬだろうから、納戸に勝手、そして庭を合わせてもこぢんまりとしたものだ。

「そうだね。一月ぶりだろうかね」

「雪永さんは……会ったばかりだわ」

「ああ、昨日会ったばかりだね」

「昨日……だったかしら？　それなのにまた来てくださったの？」

「ああ、また来てみたよ」と、雪永がおどけて微笑む。

「こちらは？」

「お律。うちでよく巾着絵を描いてる上絵師だよ。今は椿の絵ばかり描いてるけどね。新しく椿の着物を仕立てようって、雪永から聞いてるだろう？」

「ああ、椿の……」

「上絵師の律と申します」

名乗りつつ、律は内心戸惑っていた。

年の離れた妹、と類は言ったが、目の前の千恵はおそらく三十路越えの、鉄漿をつけた人妻だ。四十路をいくつか過ぎた類の妹と思えばかなり若いが、とても二十二歳の己と同じ年頃には見えないのである。

――一体どういうことなのかしら？

ちらりと類を見やるも、類は澄ました顔で長火鉢の上の鉄瓶に手を伸ばした。

「ああ、お類さん、お茶は私が」と、老女が慌てる。

「勝手にやるからいいよ。お律、この人はお杵さん。私とお千恵の乳母でね。今はお千恵の身の回りを世話してもらってる。お千恵はどうも浮世離れしていてさ。茶も満足に淹れられないからね」

「嫌だわ、お姉さん。私だって、お茶くらい淹れられるわ」

色白の千恵は細く可憐で、片笑窪が愛らしい。

「あの、お茶なら私が……幼馴染みが葉茶屋に勤めているので、私も煎茶の淹れ方くらいは心得ております」

「葉茶屋というと青陽堂だね。茶会で抹茶をいただいたことはあるんだが、煎茶を飲んだことはないんだ。ちょうどいい、お律さん。先ほど少し買い求めたところだから、こいつを淹れてくれないか？」

雪永が巾着から茶葉の包みを取り出しながら言った。

同じものかは判らないが、茶葉からは今井宅で飲むような上物の香りがした。

頭の中で涼太の所作をなぞりながら、五つの茶碗に茶を注ぐ。

慣れた匂いが座敷に満ちて、律はようやく落ち着くことができた。

「美味しいわ」と、一口含んだ千恵がつぶやき、雪永も嬉しげに同意する。

しばらく類や雪永が世間話をするのに任せ、千恵がゆったりとくつろぎ始めたのを見て取ってから、律は切り出した。

「今日は私は、お二人に無理を言って連れて来ていただきました。その……椿の着物なんですが、どういった意匠をお望みなのか、お千恵さんにお訊きしてから次の下描きにかかりとうございます」

「椿の着物……」

つぶやくように繰り返して、こともなげに千恵は言った。

「ああ、あれはもういいの」

「えっ？」

「着物はもうたくさんあるもの。だから新しいのはいらないわ」

「あの」

それでは困る――

慌てた律の横から類が言った。

「いいじゃあないの、お千恵。日頃世話になってんだから、雪永の道楽にちっとは付き合っておあげ」

「でもいつも悪いわ」

「いいんだよ。庭の椿が咲くのに合わせて、お千恵も椿の着物を着てみておくれ」

雪永が言うと、千恵ははにかんで頷いた。

律に向かって微苦笑を投げかけた千恵が一瞬少女に見えて、律は思わず目を瞬（またた）いた。

「庭にたくさん椿が植わってますね。お千恵さんは椿がお好きなのですね？」

確かめるように問うた律へ、千恵は更ににっこりとした。

「好きよ」

軽やかな声とほんのり首をかしげた仕草は、二十歳の娘のごとく若々しい。細身だから老けて見えるだけで、実は己より四つ、五つ上なだけかもしれないと律は思った。

「どんな椿がお好きなのですか？」

「椿ならなんでも……というとお律さんが困るのね」

ふふっと嫌みのない笑みをこぼして、千恵は続けた。

「そうね。やっぱり侘助が一番かしら」

「侘助にも赤、白、桃色とありますが……」

「白も桃色もいいけど赤が好きよ。そういえば——先日とても良い絵を見たのよ。残り雪を抱いて咲く、赤い藪椿……お姉さんが見せてくれたものだったかしら？」

「うちにあったものだけど、雪永がお前に見せたいと持って来たんじゃないか？」

「そう……そうだったわね」

己が腕試しに描いたものに違いなかった。

しかしあの絵は雪永が着物の注文をした後に、一度目の下描きと共に千恵に見せたと聞いている。となるとほんの十日ばかり前のことだというのに、千恵はもううろ覚えらしい。

浮世離れしている、と類が言ったのはこういったことも含むのだろう。呆れ顔を隠して律は勝手に合点した。

「それなら着物の意匠は赤い侘助にいたしましょうか？」

「ううん。それは少し待ってもらえるかしら？　夫に相談してみたいから……」

「ご夫君に？」

雪永が夫……という訳ではなさそうだった。

人妻となると、あまり「華やか」なのはまずい気もする。また雪永はこの姉妹と親しいようだが、他の男が妻に着物を贈るのを、よしとする男はそういないのではないか。

「ええ。今は殿さまと一緒に国元にいるけど、もうすぐ江戸に帰って来るのよ」

照れくさげに言って千恵は微笑んだ。

「国元へ……」

ということは、千恵の夫はどこぞの藩主の使用人なのだろうか？

しかし、一介の町人が藩主について国と江戸を往復することはないだろう。

お千恵さんの旦那さまは、まさかお侍……？

訊いてみようか迷っているうちに、類が立ち上がった。

「さ、そろそろ帰るかね」

「もう？　さっき来たばかりじゃないの」

「そうそう店を空けてられないんだよ。お律も仕事が忙しいんだ」

「お律さんも帰っちゃうの？」

「退屈なら雪永は置いていくから、お杵さんと三人で双六でもすりゃあいいさ」

「まあ、莫迦にして」と、千恵は形ばかり口を尖らせる。

「帰り道に白屋に寄って豆腐を届けさせようかね。好きだろう？　白屋の湯豆腐」

「雪永さんがいるならお鍋がいいわ。お豆腐だけじゃなくて、葱と芥子菜と蕪に卵を落としたやつよ」

「そいつは旨そうだ。一つ店にも届けてもらうか。お律、ほら行くよ」

「あ、はい。それでは……」

暇(いとま)を告げて一礼すると、名残り惜しそうに千恵が言った。

「お律さん、また近々遊びに来てくださる?」

「ええと」

傍らの類が頷いたので、律も倣(なら)う。

「ええ、また参ります」

微笑んだ千恵にお辞儀を返して、律はさっさと門の外へ消えた類を追った。

五

——律たちの駕籠を追うように白屋から池見屋へ届いた鍋は二つ。

一つを奉公人にやって、もう一つを類は座敷の火鉢にかけた。

「始めから話すとしようかね」

酒を勧められたが律は断った。

類は一人で杯に口をつけてから、千恵のことを語り始めた。

千恵は今年三十四歳。類とは八つ違いだそうである。

池見屋は小さい店だが、類の父親が存命だった頃から既に粋人たちに贔屓にされていた。

雪永が初めて店を訪れたのは十二歳になった折で、兄たちと一緒であった。兄たちが反物を物色する間、同い年の類が雪永の相手をすることになったのだが、ちょっと乳母が目を離した隙にまだ四歳だった千恵が表に出てしまい、そのまま迷子になった。

「母はおろおろするばかりで——父は店のことで手一杯だから、お杵さんと二人で父に知られぬうちに見つけ出そうとしたのさ。雪永には、悪いけど兄さんらのところへ戻ってくれってお願いしてね。そしたら雪永も一緒に探してくれてさ。四半刻と経たぬうちにあの子を見つけ出してくれた。おかげで父には知られずに済んだよ」

それから折々に雪永は店に顔を出すようになり、類や千恵と親しくなった。

十数年を経て、三十路も近くなった頃、雪永は類と両親に切り出した。

「お千恵を嫁にもらえないだろうかってね」

千恵が年頃になるにつれて、女性として意識するようになったのだという。

「こっちに否やはないさね。雪永がなかなか嫁取りしないもんだから、薄々そうじゃあないかと思ってたとこだった。やつなら身元もしっかりしてるし、人柄も熟知してる。まあ安心だと親共々、諸手を挙げて歓迎したもんだ。ただお千恵は昔からのんびり屋でね。あんたじゃないけど二十歳過ぎても色恋には奥手だったから、まあおいおい進めようなんて、こっちものんびり構えてたんだよ。それが三月も経たないうちに……」

ある日店に現れた、村松周之助という侍と千恵は恋に落ちた。

千恵より二つ年上の周之助は、遠州のとある用人の付き人と身分は低く、「江戸にいるうちに粋な着物を仕立てたい」と言う主に連れられて池見屋を訪れたのである。

「村松さまも奥手な方でね。でも二人が想い合っているのは明らかだった。それでもお武家と町娘じゃあ実らぬ恋だと誰もが思っていたのさ」

しかし周之助の主は理解ある者だった。

周之助の働きぶりを気に入っていたこともあって、「周之助が望むなら」と、千恵を養女にしてもいいという武家をわざわざ世話してくれたのである。

「向こうがそこまでするなら、もう雪永がどうこうできる話じゃない。何より千恵の気持ちは村松さまにあった……だから雪永は、千恵には何も言わずに身を引いたのさ」

「そんなことが……」

つい最近まで己も身を引こうと考えていた律には、想いを告げずにそうした雪永の過去に胸が締め付けられた。

雪永は独り身らしいが、それもこれもいまだ千恵を想っているからではなかろうか？

それなのに杵がいるとはいえ、夫が不在の千恵の家に雪永を置いて来るとは、類は一体どういうつもりなのか。

——雪永さんも雪永さんだわ。いくらお類さんに言われたからって、ご近所で噂にでもなったらお千恵さんが困るでしょうに……

箸を止めて考え込んだ律に、類は静かな声で言った。

「話はこれからさ」

「えっ？　どういうことですか？」

「結句、お千恵が村松さまと結ばれることはなかった」

「ど、どういうことですか？」と、律は繰り返した。

杯を空にし、手酌で新たな酒を注いでから類は続けた。

「正式に養女になる一月ほど前に、お千恵は何者かに手込めにされてね」

「何者って……一体誰が？」

「判らない」

短く応えた類の目に、酔いはまったく見られない。

「訊いたけどお千恵は答えてくれなかった。身も心もぼろぼろで戻って来たその夜のうちに裏の池に身を投げて、九死に一生を得て息を吹き返した時は、少しおかしくなっていた」

「というと？」

「泣いて取り乱したかと思えば笑い出したり、村松さまに会いたくないと叫んだかと思えば早く遠州に行きたいと言ってみたり。朝から晩まで落ち着かなくてね。養女の話はなかったことになった……もちろん、村松さまとの縁談もだ。破談になってしばらくしてからお千恵は落ち着いたものの——耐えきれなかったんだろうね。お千恵の頭の中じゃあ、いつの間にか村松さまと祝言を挙げたことになっていた。あの家はそんなお千恵を憐れんで、雪永が用意してくれたのさ。お千恵がおかしくなって半年ほどして、村松さまの主に命が下り、村松さまは主と共に遠州へ帰ってそれきりだ」

「……破談は村松さまの方から？」

「仕方あるまいよ。村松さまのような若くてこれからってお人なら、何もわざわざいかれた町娘を娶(めと)るこたないもの」

「だからって一度は妻にと望んだ人を、そう容易(たやす)く見限るなんて……」

「村松さまのご意志じゃなかったんだよ——いや、これは私の勝手な憶測だがね。だってあの方は江戸を出る前にここへ来て、お千恵の様子を訊いたんだ。通りがかったついでだとそっけなかったけど、あれは他のお侍が一緒だったからだと思うのさ。私はお千恵の住処を教えてあげたかったけど、雪永に口止めされてたから言えなかった。——雪永はね、お千恵が手込めにされたのは、村松さまを妬(ねた)む誰かの仕業(しわざ)か……はたまた村松さまがお千恵に飽きて、誰かに頼んだことじゃあないかと疑ってた——いいや、今でもそう疑ってる」

「まさか」

「だが真相は藪の中だ。あれからもう一回りも時が過ぎた。お千恵は大分(だいぶ)まともになったけど、いまだ己が村松さまの妻だと思い込んでるし、年寄りみたいに昨日今日のことさえちょくちょく忘れちまう。あまり外に出ないからいつまでも世間知らずで――だから、あの子がお前と同じくらいの年頃だと雪永が言ったのは、あながち嘘じゃあないんだよ……」

――律が長屋に戻って来たのは六ツを過ぎてからだ。

「お帰り、お律」

わざわざ引き戸を開いて、今井が声をかけてきた。

「ただいま帰りました」

「顔色が良くないがどうかしたかね？」

「そのぅ……今日は四度も駕籠に乗ったので――」

手短に、長屋から池見屋、池見屋から客先、更に池見屋に戻って類と夕餉を済ませて、再び駕籠に乗って戻って来たのだと今井に伝えた。

「ほう。それはお律にしては大変な一日だったな。今夜はゆっくり休むといい。何、これを渡そうと待っていただけさ」

そう言って今井が差し出したのは、佐久間町の菓子屋・一石屋の包みだ。律の弟の慶太郎が勤め始めたばかりの奉公先である。

「涼太がまたしても十も茶請けに持って来てね。二つはお律に残したが、あとはお佐久さんたちにやってしまったよ」

「ありがとうございます」

「礼なら涼太に言うんだね」

――涼太さんから何か聞いただろうか？

そうでなくとも、今井なら律たちがいつもと違うことに気付いているに違いなかった。

律も言ってしまいたかった。

涼太さんのことも、お千恵さんのことも――

しかし今はまだその時ではないと、律は短く挨拶を返してそそくさと家に入った。

――どうして私に明かしてくれたんですか？――

世間的には身内の恥ともいえる事柄だった。

律が問うと類はようやく口元に小さく笑みを浮かべた。

――言ったろう？　お前とは昨日今日の付き合いじゃない。自慢じゃないが、私は人を見る目はあるんだよ。あの子はどうやらお前が気に入ったみたいだし、あの子にふさわしい着物がお前に描けるかどうか……お手並み拝見といこうじゃないか――

にやりとして杯を掲げた類は、もういつも通りに戻っていた。

三十路過ぎなのに中身は二十歳の小娘と変わらぬ女。

つらい過去を内に閉じ込め、いもしない夫を――戻らぬ想い人を――待ち続けている。

千恵のような者にはこれまで会ったことがない。

——お姿や身に着けてる物が判れば、その方に似合う絵を描くことができますから——

己の台詞を思い出すと溜息が出る。

とんだ大見得切っちゃった……

火を入れたばかりの火鉢の横に、律はぐったりと座り込んだ。

六

「じゃあ、りっちゃん、今日はそのお千恵さんて人のところへ行くの？」

「そうなのよ、ごめんね香ちゃん、ゆっくりできなくて」

千恵と出会ってから五日が経っていた。

ちょくちょく物忘れするという千恵だが、律のことは覚えているようで、一昨日、雪永に律を連れて遊びに来るよう催促したという。

「久しぶりなのに……せっかく桐山のお饅頭を持って来たのに……」

九ツ半に現れた香は不満げだが、すぐに「仕事なら仕方ないわ」と己に言い聞かせるようにつぶやいた。

最後に香に会ってから、半月以上が経っている。

涼太が裕二を捕えた翌日、保次郎と前後して現れた香は涼太の「武勇伝」を聞きたがったくせに、一通り事件の話を聞くとどこか浮かない顔をして帰って行った。

その夜から寝込んでいたと知ったのは、十日ばかり過ぎてからである。

もしや悪阻ではと思いきや、ただの風邪で、すぐによくなったそうだが、姑の手前もう四、五日は外出を控えると、遣いに文を託して寄越してきた。

香には悪いが、文を読んでなんとなくほっとしたのは、それが二度目の下描きを返された後だったのと、これでしばらく涼太との接吻がばれずに済むと思ったからだ。

親友の香に隠しごとをするのはなんとも落ち着かないのだが、あれから涼太とは茶のひとときを今井や保次郎を交えて三度過ごしただけだ。ぎこちなさはもうないものの、今度は以前と変わらぬ振る舞いに戻った涼太に、律はますます戸惑っている。

今になって、あれは夢ではなかったかと思うくらいだ。

千恵のことは、香には——今井や涼太にも——「着物の客」とだけ告げた。

口止めされてはいないのだが、類は己を見込んで話してくれたのである。千恵の過去はいくらこの三人にでも、気安く打ち明けられることではない。

「八ツには伺うと約束したから、もう行かないと。桐山のお饅頭は先生と涼太さんと一緒に食べてちょうだい。もしかしたら広瀬さんもお寄りになるかもしれないし」

千恵と何をどう話すべきか迷っている分、涼太の名前を自然に口にすることができた。

「お兄ちゃんか……りっちゃん、そのぅ……」

声を低めて香が顔を近付ける。

「お兄ちゃんとは……？」

どきりとしたのも一瞬で、聞き覚えのある足音が近付いて来る。

「あ、ほら噂をすれば——広瀬さんよ」

涼太でなかったことに内心胸を撫で下ろしつつ、紙と筆巻きを入れた籠巾着を抱いて、律は先に表へと出た。

「広瀬さん、こんにちは」

「おや、お出かけかね、お律さん？」

「ええ、例の椿の着物のことで、ちょっと……」

曖昧に応えながら、保次郎の横をすり抜けて木戸へ向かった。

通りへ出ると、冷気から頰と耳をかばうべく襟巻を巻き直す。

晴れ空だが真っ青からはほど遠い。

秘色色(ひそくいろ)ね——

思った途端に、秘めごとを抱えた胸が重苦しくなる。

此度は駕籠を断り、雪永とは千恵の家で落ち合うことになっていた。

八ツの鐘が鳴る少し前に着くと、雪永は既に座敷にいた。

「私も先ほど着いたばかりだ。お客さんに頼むのもなんなんだが、先日いただいた茶が美味しかったから、今日もまたお律さんが淹れてくれないかね？」

「お安い御用です」

「そうよ。本当に美味しかったわ。私にもこつを教えてちょうだい」

はしゃいだ声の千恵に、雪永の眉尻が微かに下がったように見えた。

――やはり雪永さんは今でも変わらず、お千恵さんが……

同情を悟られてはならぬと、律は急いで茶櫃の蓋を取った。

「こつというほどのものではないんですが――」

涼太に教わった通りを示してみせる律を、千恵は頷きながら見守った。

途中、土間から戻った杵が饅頭の載った皿を差し出した。

「こちらは雪永さんからのいただきもので」

「桐山のお饅頭よ」

香とは一味違うが、千恵の顔にも声にも華がある。

「あら」と、律も自然とほころんだ。「ちょうど食べ損なったところだったんです。こちらに伺う前に幼馴染みが訪ねて来て……」

香のことを話すと、千恵は興味を覚えたようで、訊かれるままに律は香や今井に加え、長屋での暮らしを語った。

雪永や杵も合間合間に口を挟み、菓子屋・桐山や、菓子に目の無い慶太郎のことまで話すうちに半刻が過ぎた。

「……ところで、お千恵さん、今日は赤侘助をお持ちしました」

頃合いを見計らって、律は持って来た赤侘助の下描きを二枚広げた。

一枚は誇張せず、本物と変わらぬ大きさの花を足元と袖に散らした。花にやや丸みを持たせたのは、その方が少女めいた千恵に似合うと思ったからだ。

もう一枚は花を少し大きめに、だが花も葉も色合いはぼかしてあるから儚げだ。これもまた、千恵の姿を思い浮かべながら描いたものである。

二枚を見比べて千恵は困った笑顔を浮かべた。

「これは甲乙つけがたいわ。なんにせよ、着物のことは夫の承諾を待ってちょうだい。あんまり雪永さんのご厚意に甘えるのはよくないと、叱られるかもしれないし……雪永さん、先日頼んだ文はいつ頃向こうに届くかしら?」

「早飛脚じゃないし、もののついでだから、まあ五日から十日かかるだろうかね」

だとすると往復十日から二十日――

ううん。そもそもお千恵さんには旦那さまがいらっしゃらない……

困惑した律へ、雪永が千恵に見えぬよう目配せをした。

「しかしお千恵の着物なら、村松さまは駄目とは言わないよ。下描きだけでも選んでおいたらどうだろう?」

「そうかしら……でも小娘ならいざ知らず、鉄漿に赤い侘助なんて、似合わないと笑われそうで怖いわ」

千恵が言うのを聞いて、律はまたしても落胆した。

どうやらこの二枚もお気に召さなかったらしい。

「夫が遠州へ戻ってからもう二年……ううん、三年になったかしら？　お杵さん？」

「そのくらいになりましょうかね」と、杵が話を合わせる。

「江戸行きの命はまだかしらね……」

「ほんに、いつになるやら——少なくとも春まではいらっしゃいませんよ。冬の旅路は大変ですからねぇ」

「そうね、春までは……」と、千恵はうなだれた。

思いついて律は言ってみた。

「ご夫君の似面絵を描きましょうか？」

「似面絵？」

「私の本職は上絵ですが、似面絵も得意としております」

聞いただけでも似せて描けるのだと、時折保次郎の——町奉行所の——手伝いをしていることを話した。

「まあ、それなら是非その腕前を見てみたいわ」

喜ぶ千恵を見やって、雪永が腰を上げた。

「私は先にお暇しようかね。ちょいとまだ野暮用が残っているんでね……」

見送りに立った杵の非難がましい目を見て初めて、律は己の無配慮に気付いた。

千恵を奪って見捨てた周之助の似面絵など、雪永は見たくなかったに違いない。

また千恵のご機嫌取りに、日頃避けている似面絵を自ら持ち出したことも恥ずかしい。

とはいえ今更取り消す訳にはいかず、期待の眼差しを向ける千恵に微笑んで見せ、筆と紙を取り出した。

「少しおでこの大きいうりざね顔で……眉がまっすぐ……ああ、もう少し細いのよ」

目、口、鼻、耳、と部位を確かめながら描いた顔には、どことなく見覚えがあった。

「まだ若いのによく笑うから、もう目尻にちょっとだけ皺が見えるの。ほんのちょっとだけなのに、男らしくないと気にしてて、わざと怖い顔して見せるのよ。そのお顔がまた可笑しくて……」

目尻の笑い皺と聞いて、律ははっとした。

見覚えがあると思ったのは、先日描いた男に似ているからだ。勢という大年増から、金を騙し取って逃げた将太という男である。

今描いている周之助は、千恵の記憶の中にあるままの二十歳過ぎの若者だ。周之助は千恵より二つ年上だから、今年三十六歳。将太は四十路手前ということだったから、年が合わないこともない。

また、将太の前身は浪人だったとも聞いている。

もしかして——江戸に戻っているのでは……？

千恵が何者かに手込めにされ、周之助と破談になってから十数年が経っている。一人の侍から浪人、更に町人——しかもろくでなし——へと、落ちぶれるには充分な時だ。

「会いたいわ……早く本物の周之助さまに」

出来上がった似面絵を見つめて、千恵は溜息をついた。

「夫は照れ屋で、想いを口にしてくれたのはほんの幾度か……たまにくれる文もなんだか堅苦しい言葉ばかりなの。いくら誓いを立てた夫婦でも、こうも朴念仁だと不安になるわ。着物のことはおまけよ。文で少し夫に甘えてみたかったの。でもやめとけばよかったわ……くだらない文を寄越すなと、今頃あの人は呆れてるでしょうね。雪永さんも……」

「そんなことありませんよ」

取ってつけたような慰めの言葉だが、気持ちがこもったのは、文のことはさておき、千恵の不安が手に取るように判ったからだ。

祝言を挙げていなくても、二人は夫婦を誓った仲だった。それがこんな始末になろうとは思いも寄らなかったろう。

一寸先は闇——

昔、今井が教えてくれた諺と共に、涼太の顔が脳裏をかすめていった。

七

二日後、律は遣いを寄越した雪永を訪ねて日本橋へ向かった。

「おとといは着物の話をしに行ったのに、似面絵なんか持ち出してすみません……」

さりげなく詫びると、雪永は苦笑を漏らした。

「お類からいろいろ聞いただろうが、私に気遣いはいらないよ」

「でも……」

「まずはこれを」

そう言って雪永は懐紙に包んだ物を差し出した。

「これまでの手間賃だ」

注文を取り下げられるのかと、思わず律は言葉に詰まった。

が、そんな律へ雪永は慌てて付け足した。

「お千恵の着物は引き続きお律さんに頼むよ。ただ、この調子じゃこの冬にはもう間に合わないかもしれないだろう？」

「ええ……」

「だから着物代は出来を見てからお類と決めるとして——これからは下描き毎に手間賃を出そう。これは今までの下描きへの心付けと、おとといお千恵の話し相手になってもらったお礼、それから似面絵の代金だ」

「そんな……いただけません」

「遠慮はなしだ。お類に聞いたんだが、お律さんはお千恵の着物のために池見屋の仕事を断っているそうじゃないか」

「ええ、まあその……じゃあ、下描きの手間賃だけこれからいただきます」

おしゃべりもそうだが、雪永の恋敵の似面絵代まで、雪永からもらう訳にはいかない。

「せっかく包んだんだ。まあこいつは取っといとくれ。——それでものは相談なんだが、これからも時々お千恵の話し相手になってやってくれないか？　一昨日のように八ツから一刻ほどでいいんだ。手間賃は一朱——いや、行き帰りもあるから二朱でどうかね？」

一刻ほど話し相手をするだけで二朱とは、破格の待遇だ。

「い、いただけません。だって私は上絵師なんですから、絵の代金だけいただきます」

絵の代金なら喜んで受け取れるのに——

「広義ではこれも着物代さ。見た通りあの家は椿ばかり植わっているから、辺りからは『椿屋敷』と呼ばれていてね。お千恵が椿が好きなんだ。だから椿の着物なら喜んでくれるんじゃないかと思ったんだが……お千恵と相談して、なんでもいいから気に入った着物に仕上げておくれ。そうとも。おしゃべり代じゃなくて相談料だ」

雪永は一人、満足げに頷いた。

「文のことなら心配はいらない。頃合いを見計らって代筆させたのを届けるよ……着物のことは好きにしろ、とね」

千恵が受け取る「夫から」の文は、雪永が手配しているそうである。

そうではないかと思っていたが、雪永の気持ちを思うとやるせない。

「お千恵は例の一件以来、人の名前や顔を忘れがちでね。昔からの友人知人は覚えているんだが、彼らには彼らの暮らしがある。以前、友人の一人が親切心からお千恵に真実を語ったんだが……お千恵はまるで昔に戻ったように取り乱してね……それからは滅多に家から出なくなってしまった」

「そうでしたか」

「お千恵は自分でもなんだか変だと思っているんだよ。物忘れがひどいことを恥じているふしがある。だからお律さんが訪ねてくれて――また、お律さんを忘れずにいたことが――随分嬉しかったようなんだ。お千恵の事情は誰にでも明かせるものじゃあないからね。既に事情を心得ているお律さんなら、お類も私も安心できるんだが……」

上手く言い包められ、下描き代一枚と相談料を共に一朱ずつにして、着物が仕上がるまで三日から五日おきに「相談相手」として千恵の家に通うことになった。

雪永宅を辞去すると、一つ大きな溜息が出た。

当面の実入りは確保できたものの、素直に喜べないのは、律には上絵師としての誇りがあるからだ。

それに……と、律は一昨日描いた似面絵を思い浮かべた。

将太は村松周之助かもしれないと、疑惑を捨て切れないでいる。

二枚の似面絵のことは雪永には言えずじまいだった。

私の——ただの憶測に過ぎないもの。

気を取り直して律は、今にも雪になりそうな灰色の空を見つめて歩き出した。

賑わう越後屋を横目に通り過ぎたのは、八ツ半かという頃合いだった。

雪永のところで茶と茶菓子をもらっていたが、気を紛らわそうと、律は浮世小路へ足を踏み入れた。父親の伊三郎ならこんな時居酒屋の暖簾をくぐったろうが、あいにく律はあまり酒に強くない。代わりといってはなんだが、団子屋を見つけて甘酒を一杯注文した。

縁台に座って、甘酒の入った茶碗を両手で包む。

空がどんよりしているせいか昨日よりは暖かく感じるものの、刺すような冷気に変わりはない。縁台には律のほか数人の客が、やはり暖を取るように甘酒をすすっていた。

ふいに「しょうた」と男の呼び声が聞こえて、律は顔を上げた。

通りの向こうにある小間物屋の前で二人の男が向き合っている。

「こんなところで買い物たぁ、いいご身分だな」

「そうでもねぇさ。早いとこ新しいねぐらを探さないと、宿暮らしじゃ金が続かねぇ」

「宿暮らしたぁ、どうしたい？」

「ちょいとしつこい女に捕まっちまって……」

「なんでぇ、また女絡みで逃げてんのか」

「そういうことだ。そうだ平八、どこかいい長屋を知らねぇか？　深川か芝辺り……神田から離れたところがいいな」

いけしゃあしゃあと抜かす男の顔を盗み見て、律ははっとした。

横からしか見えないが、眉は細くまっすぐだ。額の大きさは測りかねるものの、年の頃は三十半ばから四十路手前で勢から聞いた顔に似ている気がした。

同じ名前に加えて「女絡み」でねぐらを失った——おそらく夜逃げした——というのだから、あの男こそ勢を騙した男ではなかろうか。

「今の宿はどこなんでぇ？」と、平八と呼ばれた男が訊ねた。

「浅草だ。お前の家は両国だったな。ちょうどいい。帰り道で一杯やらねぇか？」

「俺に払わせようって魂胆だろう？　まあいいさ、一杯だけならな」

「ありがてぇ。俺はちょいとこの店に用があるんだがすぐ終わる。待っててくんな」

そう言って将太と思しき男は小間物屋の中へと消えた。

もしもあの男が「将太」なら……

後をつけてみようか、と律は迷った。

夏の仇討ちの一件以来、余計なことに首を突っ込まないよう、涼太から口を酸っぱくして言われている。だが男が寝泊まりしている宿が判れば、保次郎に頼んで、勢の金を取り戻すことができるかもしれない。

広瀬さんが調べてくだされば、将太が村松さまかどうかもはっきりする――

そうだとしても、千恵に知らせることはない。周之助が将太のような男に成り下がったと知ったら、今より一層悲しませるだけである。

だが将太が周之助なら、何ゆえ江戸に戻って来たのか訊いてみたかった。

これは天の思し召しだと、律は心を決めた。

――まずは出て来るところを見逃さず、男の顔をしっかり見よう。

そうしてやはり似ていると思ったら、その時は後をつけてみよう。

甘酒代を茶托に置き、飲みかけの茶碗で顔を隠すようにして、今か今かと小間物屋の入り口を窺う。

ひとときして出て来た男の顔を見て、律は腰を浮かせた。

「お律さんじゃないですか」

驚いた律の前に立ったのは、艶やかな笑みを浮かべた綾乃だった。

八

「綾乃さん……」

浅草で一、二を争う料亭・尾上の娘である。

吉岡染の着物は一見地味だが、裾には鹿の子絞りで白く千両が染め抜かれている。髷は潰し島田に鹿の子をかけた結綿。鹿の子と口紅の赤が綾乃の愛らしさを一層引き立てていた。

「今日は冷えますね。お買い物ですか？」

「いえ、あの」

しどろもどろになりながら、綾乃の後ろの将太を見やった。

将太は店先で待っていた平八に話しかけ、二人してのんびりと歩き出す。

「知人を訪ねた帰りでして……そのぅ、ちょっと急いでおりますので、また」

ちょこんと頭を下げて律は歩き出したが、綾乃は行く手に回り込んで頬を膨らませた。

「あんまりなあしらいようじゃありませんか。いくら私たちが恋敵だからって」

「こ、恋敵？」

「そうじゃありませんか。だってお律さんも涼太さんを……」

言いながら綾乃が頰を染めるのを見て、律の頰も熱くなる。

涼太との接吻が思い出されたが、今はそれどころではない。

「あのぅ、私、本当に急いで——」

ちらりと遠ざかりつつある将太たちを確かめると、綾乃がはっとした。

「もしかして」と、口に手をやり声を潜める。「お上の御用ですか？」

こうなったら嘘も方便だと、律は曖昧に頷いた。

「ええ、まあ……」

「では私もご一緒します」

「えっ？」

「さ、早く。あの二人の男たちですね？」

「はあ、でも——」

「早くしないと見失ってしまいます。そんなこととは知らずに私ったら……ああ、頭巾を被った方がようございましょうか？」

「ええと……」

律が応える前に、綾乃は巾着から袖頭巾を取り出して被った。

「冷えるからと家の者に持たされたのですけど、櫛が隠れるのが嫌で……でもこうして役立つなら持って来てよかった。お待たせしました。さあ行きましょう」

華のある顔立ちの綾乃だから、頭巾を被っていた方が目立たずに済むのは確かだ。律も襟巻を整えて、綾乃と連れ立って歩き出した。

「お律さんは似面絵だけかと思っていましたが、こんな——御用聞きのようなことまでなさっているのですね」

「まあその、たまにはこういうことも……あの、綾乃さん、今日はお一人なんですか？」

「そうなんです」

即答した綾乃の目が僅かに泳いだ。

「本当に？」

「……義姉と来たんですけど、小間物屋でもたもたしていたので、先に帰ると言って置いてきました」

「えっ？」

「いいのです。人妻のくせに——しかもこれから尾上の女将になろうっていうのに、恥ずかしいったらありゃしない。いくら店主が役者顔負けの美男だからって、やたら愛想を振りまいて……」

役者顔負けの店主と聞いて、一つ思い浮かんだ。

「もしかして、藍井という名の小間物屋ですか？」

「お律さんも藍井をご存じで？」

「店を訪ねたことはないのですけど、香ちゃ――日本橋に嫁いだ幼馴染みから聞いたことがあります」

藍井につられて、先だって涼太からもらった簪（かんざし）も思い出された。団子花（だんごばな）を象（かたど）った銀の平打ちだが、季節外れゆえ今日は身に着けていない。綾乃の手前、律は内心ほっとした。

「……あの男たちは、どういった悪さをしたのですか？」

綾乃の方が律より一寸ほど背が低い。身を寄せて小声で己を見上げた綾乃からは、白檀（びゃくだん）の良い香りがして女の律をもどぎまぎさせる。

「それは――」

「内緒ですか？　お上の御用となれば仕方ありませんが……」

綾乃があからさまにがっかりしたので、嘘をついている身として後ろめたくなった。

「それはあの、詳しくは言えませんが、あの男たちの一人――御納戸色（おなんどいろ）に掠（かす）れ縞の着物を着た方が、ある女の人からお金を騙し取ったのです」

「まあ！」

「どうやらこれから浅草の宿へ戻るようなので、宿を突き止めて広瀬さまにご報告を」

「浅草？」

しまった。

きらりと目を輝かせた綾乃を見て思ったが、時既に遅しである。

「浅草なら私の庭です。私、お役に立てますわ」

「はあ、でも……」

口ごもる律を先導するごとく、綾乃は少し足を速めた。

九

将太たちは伊勢町から大伝馬町へと東へ向かって歩いて行く。

二人とも話に夢中らしく、時折笑い声を上げ、尾行にまったく気付いていない。

歩みもゆったりしていると思いきや、そこは男だけあって、律たちは走らずについていくのが精一杯だ。自然と無言になったものの、律にはその方が好都合だった。

大伝馬町の二丁目辺りは見覚えがあった。夏に長谷川町にある上絵師・一景の手伝いに少し通った道のりだからだ。その先は歩いたことのない町が続いたが、浅草から日本橋に行くことが少なくない綾乃には見知った道らしい。

堀を越えて四町ほど行くと少し開けたところに出た。

右手に両国広小路、左手に浅草御門が見通せる律も知っている場所である。

将太たちは右へ折れて両国広小路の方へと進んで行く。

一杯やろう、と将太たちが言っていたのを思い出して、律は綾乃へ言った。

「まっすぐ宿に戻らないようです。おうちの方が心配しておりましょうから、綾乃さんはここらでお帰りください」

「まだ平気です。まだ七ツの鐘が鳴ったばかりじゃありませんか」

もう一人の男は両国に住んでいると言っていた。両国橋の向こうまで行くとなると、帰り道が不安なのだが、綾乃を説き伏せるのは難しそうだ。

律が内心溜息をついた時、男たちの足が止まった。

橋の手前、米沢町の一画にある居酒屋の縄暖簾を割って入る。

「いつ出て来るか判りませんから」

先にお帰り下さい――

そう言いかけた律を遮って綾乃が言った。

「私たちも入りましょう」

「えっ？」

「外で待つのは寒いじゃありませんか。やつらはお律さんを知らないのでしょう？」

「ええ」

「それなら近くに座って、やつらの話を盗み聞いてやりましょうよ」

「でも」

「お代ならご心配に及びません。日本橋に行くのに小遣いをもらいましたから」

巾着を掲げて見せた綾乃は、律が止める間もなく暖簾をくぐって行ってしまった。

「燗を一本お願いします。つまみは温かいものを一つ二つ見繕ってくださいな」

「へぇ」

慣れた口調で注文して、綾乃はちゃっかり座敷の将太たちの隣りに上がる。

仕切りは障子屏風のみで、互いの声は丸聞こえだ。今更止める訳にもいかず、律は綾乃が促すまま、屏風を背にして腰を下ろした。

「さ、お律さん、どうぞご一献」

「ありがとう……あのでも、私はお酒はあんまり」

「では形ばかりお付き合いくださいまし」

これも慣れた手で綾乃が酌をした。

後ろから、将太たちが互いに酒を注ぎ合うのが聞こえてくる。

将太たちの話をする訳にはいかない。

さりとて無言を貫くのも変だから、律は訊いてみた。

「綾乃さんは、こういうところにもよくいらっしゃるんですか？」

「隠居した祖父に付き合って、たまにこういった店も食べ歩いているのです。父母と兄夫婦はお店が忙しいので」

見よう見まねで律も酌を返したが、綾乃は受け方も堂に入ったものである。名の知れた料亭の娘だけあって、酒の席での作法も一通り心得ているのだろう。

「……綾乃さんが帰っちゃって、お義姉(ねえ)さんはさぞ困ったでしょうね」

「どうでしょう？　あの人のことだから、これ幸いと、日本橋でゆるりと買い物したんじゃないかしら？　これじゃあ、いつまで経っても兄はお店を任せてもらえないわ」

つんとして応えて、綾乃は杯を瞬(また)く間に空にした。

それから顔を近付け、声を潜めてから言った。

「義姉は山之宿町(やまのしゅくちょう)の旅籠(はたご)の娘なんですが、次女だからか甘やかされて育てられたようなんです。旅籠の娘だから客あしらいがいいかと思えばそうでもないし、礼儀作法はそこそこ仕込まれてるけど、働き者からはほど遠いし……今日だって兄さまに甘えて、私をだしに日本橋に買い物に……うちに嫁いだってことがまったく判ってないんですよ」

どきりとした律におかまいなしに、綾乃はつまみの厚揚げを一切れ口にする。

「うちは父で三代目。老舗(しにせ)と呼ぶには早いけど、今の店構えは日本橋の老舗にだって負けてません。だからいずれ店を継ぐ兄のお嫁さんには、母のようなしっかり者をと望んでたのに、兄さまったらあんな尸位素餐(しいそさん)な人に引っかかって……」

尸位素餐とは高位にありながら才がなく、無駄に禄(ろく)を食むことである。律は今井から習って知っていたが、指南所では教わらなかったから、綾乃の知識にやや驚かされた。

「そりゃあたまには息抜きも必要でしょう。だから日本橋にもみんな快く送り出してくれたのに、藍井であんなでれでれと――しかもうちの名前を出して――噂になったらみっともないわ。女将は店の看板だっていうのに、あの人は自分が若女将だってことを忘れているんです。嫁としての覚悟が足りないんですよ」

「そ、そうですか」

まるで己のことを言われているような気になった。

青陽堂の店主は佐和で、夫の清次郎は経営にはかかわっていないと聞いている。しかし清次郎は婿入りしてから学び始めた茶道で、店に大きく貢献してきた。

涼太さんと一緒になったら――

茶のことをよく知らない己にできることがあるだろうかと、律は頭を巡らせた。

……それより、上絵は？

青陽堂に嫁いだら、上絵どころではないだろう。

店は涼太さんが仕切るとしても、私も大店のおかみさんとして、恥ずかしくないよう努めなければ……

とは思うものの、何をどうしたらよいのかさっぱり判らない。

何より絵が描けなくなるのは大いに困る。

上絵師でありたいという気持ちに変わりはないのだ。

せっかく着物の注文がくるようになったのに――

「あの、ごめんなさい」

律が黙ってしまったのは己のせいだと思ったのか、綾乃が謝った。

「私ったら身内の恥を……私の方がその、愚痴なんてみっともないことを……どうか内緒にしてください」

口をすぼめて悔やむ様は芝居には見えない。

「ええ、誰にも言わないから気になさらないで」

とっさに己への嫌みではないかと疑った自分が恥ずかしくなった。

そもそも綾乃は、涼太が律に求婚したことを知らない。しかし綾乃の話から察するに、綾乃には大店に嫁ぐ者として充分な覚悟があるようだ。

どことなく沈んだ気持ちを、酌をすることで律は誤魔化した。

と、束の間忘れていた男たちの声が耳に届いた。

「――それで将太、さっきの店には何の用だったんだ？」

綾乃も本来の目的を思い出したようで、はっと耳を澄ませたのが判った。

「ん？　ああ、ちょっと次の海老をな……」

忍び笑いと共に将太が応える。

「海老？」

「女にやる櫛さ。一朱の櫛が、使いようによっては一分にも一両にもなるんだよ」

「なるほど、海老で鯛を釣るってことか。それにしても、もう次の女を見つけたのか？　夜逃げしてきたばかりじゃねぇのか？」

「そうだが俺にぬかりはねぇ。前のがうるさくなってきてから、すぐに次を探したんだ」

「だったら宿住まいをやめて、その女のところに転がり込めばいいじゃねぇか」

「お前は判ってねぇなぁ。金を引き出すには気をもたせなきゃならねぇ。気を持たせるには一緒に住まないこった。男も女も離れて暮らすうちが花なのさ。俺ぁもう、所帯を持つのはこりごりだぜ。所帯じみた女もごめんだ」

将太の言いようにむっとした綾乃の前へ、律は折敷を押しやった。

「綾乃さん、温かいうちに食べちゃいましょう」

「ええ、そうしましょう」

厚揚げとこんにゃくの味噌田楽を黙々と頬張りながら、更に男たちの話に聞き入る。

「……戻りてぇとは思わねぇのか？」

「戻るってどこに？　別れた女房ならもうとっくにこの世にいないぜ。後妻に入ったのちに流行病にかかったと、前に教えたじゃあねぇか」

「戻るってぇのは……二本差しによ」

元は浪人だったという将太である。

一瞬黙ってから、将太は笑い出した。

「莫迦を言うんじゃねぇ。それともなんだ、平八、おめぇは戻りてぇのかよ？」

「いや、俺は今の暮らしに満足してるさ。お前は莫迦にしたけどよ……女房子がいてよ、長屋暮らしでもなんとか食えてる。子供がまだ小せぇから、昔みてぇに投げやりにもならずに済んでんのさ。俺が食わせてやんなきゃって、なんだか励みになるんだよ」

「……お前にゃ励みでも俺には枷だ。だが、お前と一緒で二本差しに未練はねぇよ。俺はお前と違って、親父の代からの――生まれながらの浪人だったからよ。仕えたことがねぇから、主君はもとより、一人の女に縛られるのも我慢ならねぇのさ」

仕官したことがない――？

箸を止めて律は一層耳をそばだてた。

「そうか。それならいいんだ、将太。俺はまたおめぇがふらふらしてんのは、胸の奥の奥でやっぱり戻りてぇと思ってんじゃねぇかと……」

「いい加減にしやがれ。平八、てめぇとは昨日今日の仲じゃねぇ。国で五年、二人して江戸に出て来て十年てぇ、長ぇ付き合いじゃあねぇか」

生まれながらの浪人で、十年前に江戸に出て来たのなら、将太は周之助ではありえない。

千恵と雪永の二人を思い浮かべて、律はひとまず安堵した。

「俺のことなら心配いらねぇよ、平八。お前はお前で女房子を大事にしてやんな」

「ああ、そうするさ。だが将太、お前はこれ以上、女の恨みを買うような真似はよせ。そのうちお上の世話になるんじゃねぇかと俺は」

「そんな下手はうたねぇよ」

平八を遮って将太が言った。

「……俺はもう行かねぇと。またゆっくり話してぇな、将太」

二人が立ち上がる気配を感じて、綾乃が急いで折敷に金を置いた。

「何をしんみりしてんでぇ。なんならまたここで会おうぜ。今度は俺が馳走するからよ。一月――いや二十日もありゃあ、少しまとまった金が手に入らぁな」

二人に続いて、律たちも店を出た。

平八は両国橋へ、将太は浅草御門へと、それぞれ振り返ることなく歩いて行く。

――将太が帰って行ったのは三間町の安宿だった。

宿の名は「雀屋」。

暖簾に雀と思しき鳥が染め抜かれているが、足元の止まり木があまりにも細いのが侘しさを感じさせた。

既に七ツ半を過ぎていた。

料亭・尾上は東仲町にあるというから三間町からそう遠くない。北へ二町ほど早足で急いで、綾乃を店の前まで送り届ける。

茅葺門と両目垣に囲まれた尾上は二階建てで、町の中でも一際重厚な趣は、律を圧倒するのに充分だった。

提灯だけ借りるつもりが、綾乃と女将に止められて駕籠で帰る羽目になった。尾上御用達だという駕籠屋から呼ばれた駕籠舁きたちに、女将が手際よく代金を握らせる。恐縮しながら乗り込んで、簾が下ろされると律は襟巻に顔を埋めた。

将太は周之助とは別人だと判明し、無事に居場所を突き止めることができたのに、どうにも気の晴れない夜になった。

十

店仕舞いにかかり始めた涼太のもとへ、手代の一人が近付いて来た。

「若旦那」

「なんだ?」

「表に、今井先生を訪ねて来たというお侍が」

「先生を?」

外に出ると、脇差しのみを差した、今井よりやや年かさの侍がいた。

古傷だが、右の眉からこめかみにかけてくっきりとした刀傷がある。

今井は武家の出であった。兄の愚行から家を取り潰されて浪人となり、江戸に出て来てから士分を捨てたのである。今はすっかり町に馴染み、指南所の師匠として町の者から慕われていた。日頃今井を訪ねてくる侍といえば、定廻りの広瀬保次郎くらいだから、涼太は警戒しながら声をかけた。

「今井先生を訪ねていらしたそうで……」

「ああ。今井直之というこの近くの指南所の師匠をしている者だ。青陽堂の裏の長屋に住んでいると聞いたのだが、急に押しかけて驚かせても悪い。すまんが、古屋が来たと伝えに行ってもらえぬか？」

「古屋さまですね」

強面に似合った太い声だが、悪意は感ぜられなかった。

十二歳から奉公人に混じって店で客商売に携わってきた涼太であった。そこらの者より人を見る目はあると自負しているから、ほっとしながら長屋へ向かった。

こんな時間に長屋を訪ねる口実ができたのも嬉しい。

今井宅には八ツ半ごろ一度行っていて、今井と保次郎と茶のひとときを過ごしていた。

だが残念なことに、律は雪永に呼ばれていていなかったのである。

今井宅の奥にある律の家はひっそりとしていて、今井を呼びながら涼太は眉をひそめた。

「先生」

「涼太か。どうした？」

「表に古屋さまというお侍が来ています。先生より三つ四つ年上で、ここに古傷が」

言いながら、右の眉からこめかみを指でなぞって見せる。

「ああ判った。ここじゃなんだから、ちょいと笹屋に行って来るよ。火の始末を頼んでいいかい？」

「もちろんです」

笹屋は新黒門町にある居酒屋で、今井の馴染みの店である。

今井の来客にも興を覚えないこともないが、今は律の方が気になった。

今日は昼過ぎに雪永から遣いが来て、律は遣いと一緒に日本橋の雪永宅へ向かったと今井から は聞いている。

——またしても、雪永さんと一緒に、お千恵さんとやらの家に行ったのだろうか？

雪永が着物を贈ろうとしている千恵は類の妹で、なかなか気難しい女性なのだと律は言っていた。既に十枚ほど下描きを描いているのに、一枚も気に入ってもらえないという。

まあ、雪永さんのことだから、帰りは駕籠に乗せてくれるだろうが……

灰ならしを使って、火鉢の炭に灰をかけていく。

炭全体を覆ってしまえば火は消えるのだが、完全な消火までにはしばしの時を要する。今井の用事という「大義名分」があるのをいいことに、涼太は灰をかいてはならしながら、どうしたものかと溜息をついた。

もちろん、律のことである。

接吻は性急だったかもしれない……

驚きに目を見開いた律の顔を思い出すと、後悔の念が胸をよぎる。

誰がなんと言おうと、幼い頃からの想いを告げると決意してから三日目、ようやく律と二人きりになれた。

綾乃との誤解は解いたし、律一筋なのだと——夫婦になりたいと、はっきり伝えた。

律の方も半ば予想していたのだろう。

頬を染めて頷いた——ように涼太には見えた——律が愛おしく、ついふらりと引き寄せられて、気付いた時には接吻していた。

いや。

灰の山を作りながら涼太は思い直した。

身体が勝手に、と思っていたが、己も男——しかもじきに二十四歳という壮年の——だ。

好いた女に手を付けたい……もとい、唾をつけておきたいという気持ちがどこかにあったのは否定しない。

否定しねぇが——

色恋に奥手で世間知らずの律には、接吻はやはり急ぎ過ぎたと、灰ならしを手にしたまま涼太は肩を落とした。

幼い頃から漠然と、ゆくゆくは律と夫婦になるのだと思っていた。

それが独りよがりの願望で終わらぬように「一緒になってくれ」と求婚したまではよかったが、いつ店を継ぐのかという見通しはまだ立っていない。

若旦那というのは呼び名だけで、身分は手代と変わらぬ涼太だった。許されているのは今井宅での茶や跡取り仲間との交流だけで、律を誘うのもままならない。

接吻を交わした翌日に、律とは今井宅で顔を合わせたが、始終うつむき加減の律に涼太もつられてぎくしゃくしてしまった。

筆おろしはとっくに済ませている涼太だが、知っているのは花街の女たちだけである。たまの花街が男としてよい「気晴らし」になっていることは確かだが、涼太にとっては仲間との遊び場の一つでしかない。「色」はともかく「恋」を求めたこともなかった。

花街には花街の手順やしきたりがあり、己が「客」である以上、駆け引きも「商品」の内である。ゆえにいくらもてはやされようとも、涼太が自惚れることはまずなかった。

だからあの日は想いを伝えるだけにしようと決めていた。

花街で使う台詞や手管は、律には通じないと承知している。

……にもかかわらず、文字通り、色気を出してしまった己が恨めしい。

手を重ねるくれぇにしときゃあよかった。

軽々しいと、お律は俺に呆れただろうか……？

それからはできるだけ、律を驚かさぬよう、いつも通りに振る舞ってきた涼太だが、そうしたらそうしたで、まるで一連の出来事が夢のごとく思えてきて不安になる。

次の一手を打てぬまま、一日、また一日と過ぎて今日に至るのだ。

冴えねぇなぁ……

いつまでも油を売ってはいられないから、灰ならしを置いて涼太は立ち上がった。

——木戸を出たところで、早足の駕籠がやって来て止まった。

下りた客が律だったのに驚いたのは、駕籠が東からやって来たからだ。雪永宅がある日本橋からでも、千恵のいる宮永町からでも、通常は西から戻る筈である。

「まあ、涼太さん……」

律が驚くのは無理もないが、どことなく困った顔をしたのが気に障った。

「遅かったな」

「ええ、まあ……いろいろありまして……涼太さんは先生に会いに？」

「先生なら、ついさっきお客さんと出かけて行ったぜ」

「え？　じゃあ、今日はもう戻られないかしら？」

「なんでぇ、何か相談ごとか？」

「それは……そのぅ、怒らないで聞いてくれますか？」

怒られるようなことをしてきたのかと一瞬眉を吊り上げそうになったが、そこは常日頃から店の者や客に鍛えられている涼太であった。

「なんなんでぇ？　もったいぶらずに話してくんな」

丁稚に対するように穏やかに言うと、律はおずおずと切り出した。

将太を見つけたというのである。

花房町の勢という女から金を騙し取った男で、少し前に大家の又兵衛に頼み込まれて、将太の似面絵を描いたことは涼太も聞いていた。

後をつけた、と聞いてついしかめ面をするところだったが、こんな偶然はそうないし、己でも同じことをしただろう。

偶然といえば、綾乃に出会って、尾行を共にしたというのも一驚だ。

「まあ……無事で何よりだった」

尾上が駕籠で律を帰してくれたこともありがたい。

また、律と綾乃が何やら仲良くなったようで、涼太はほっとしていた。

涼太に「その気」はないし、気を持たせるようなことをした覚えはないのだが、綾乃もその両親も、嫁ぎ先に青陽堂を考えているのは見て取れる。

きっぱり断れ、と香は急かすが、正式な縁談がない以上、涼太には断りようがない。尾上は今や店の上得意だし、尾上から紹介された客先がいくつもあるから、そう邪険にはできないと、商家の娘なら——嫁も——理解して欲しいものである。

「ああ、ちょいと女将に伝えてくれ」

表を片付けていた丁稚を捕まえて涼太は言った。

「似面絵の——お上の御用で——又兵衛さんとお律さんに話があるんだ。だからしばらく店には戻れない」

頷いた丁稚が店に入って行くのを見てから律が言った。

「お上の御用、なんて嘘ついて……」

「嘘も方便だ。明日にでも広瀬さんに相談すりゃあ、嘘じゃなくなる」

「もう」と、律はつぶやいたが、呆れる代わりにくすりと笑った。

律をうながして、今出て来たばかりの木戸をくぐる。

又兵衛と一緒だろうが、事件の話だろうが、律とひとときを過ごすことができる。

思わぬ幸運に緩む口元を引き締めながら、涼太は律の背中を追った。

十一

「お勢さんも夜逃げを？」

「そうなんです」

目を丸くして問うた千恵に、律は大きく頷いた。

雪永に頼まれた通り「着物の相談がてら」千恵の家を訪ねているのである。

将太が寝泊まりしていた安宿・雀屋を突き止めてから五日経っていた。

将太が——そして勢も——夜逃げしたと知ったのは、一昨日のことだった。

——あの夜、律から話を聞いた又兵衛は、夕餉の前に花房町へ向かい、泰助と勢に将太が見つかったことを教えた。

律は翌日、八ツの茶に現れた保次郎に事情を話し、保次郎は将太に金を返すよう、穏便に説得してみると請け負ってくれた。

「私が広瀬さまに説得をお願いすることは、又兵衛さんからお勢さんに伝えてありました。だから軽はずみなことはしないようにと……それなのにお勢さんは」

なんと勢は、同日の朝一番に雀屋に向かっていた。

「しかも、定廻りの旦那が来る前に、私と一緒に逃げないかと、将太に持ちかけたそうです。将太はしばらく渋っていたけれど、やがて頷き、七ツに浅草御門で落ち合おうと約束をしていたとのことです」

定廻り同心が来るとは物騒だと、宿の者が聞き耳を立てていたのである。

勢と別れたのち、将太はすぐさま宿を発ったという。

勢は一旦長屋へ戻り、こっそりがらくた屋を呼んで家財を売った。なけなしの金を手に入れたのちに、着の身着のまま姿を消した。

長屋の者たちが気付いたのは八ツ過ぎ――がらくた屋が荷物を運び出し始めてからだ。泰助ともう一人長屋の者が雀屋に駆け付けたが、将太は朝のうちに宿を引き払っている。浅草御門へも足を運んでみたものの、既に七ツを過ぎており、二人を見つけることはできなかったという。

「では、お勢さんはその将太という男の人と一緒に逃げたのですね？」

「それは……どうでしょう？　将太は一人で逃げたのかもしれません」

将太は勢に微塵も未練を持っていなかった。ならば同じ逃げるにしても、勢を連れて行くより一人の方が易しく気楽だ。

「……つまりお律さんは、お勢さんがまた騙されたと思っているの？」

「そうじゃないといいんですが……」

裏長屋の一人暮らしの家財など、二束三文にしかならなかっただろう。僅かな金だけを持って御門で将太を待つ勢の姿を想像するとやり切れない。

将太が周之助と似ていたことは省いたものの、この話は茶飲み話にすべきではなかったと律は悔やんだ。

不快な思いをさせたかと窺ったが、千恵はおっとりと折敷から箸と小鉢を取り上げた。

今日は冬至だからと、杵が南瓜を炊いたものを出してくれていた。

律も千恵に倣って、黄金色の塊を一口食む。

南瓜の甘さについ頬が緩んだところへ、千恵が静かに切り出した。

「——もしも将太が一人で逃げたとしても、お勢さんは気付いていたのではないかしら？」

「えっ？」

「だって泰助さんたちは七ツ過ぎに御門に着いたのに、お勢さんはもう既にいなかったのでしょう？　将太との約束を信じていたら、お勢さんはまだ御門にいた筈よ。私なら少なくとも半刻は待つもの」

「そうですね。私も……」

陽の位置や腹具合で大体の時刻が判るとはいえ、四半刻ほどの読み間違いは珍しくない。

「お勢さんは七ツの鐘を聞いて、すぐに御門を発ったのではないかと思うの。ううん、約束が嘘だと気付いていたら、御門に行くこともなかったでしょう」

「しかし将太と一緒でないとしたら、お勢さんは一人で一体どこへ行ったのでしょう？」

「お律さんだったらどうしたかしら？」

「どうって……ばつが悪いから、お金があるなら一日、二日、どこかの宿で過ごすかもしれません。でも、家はからっぽでも、いずれは恥を忍んで長屋に戻ると思います。だって他にどこにも行く当てが——」

「そんなことないわ」

穏やかな声で律を遮って千恵は言った。

「お勢さんはきっと、将太を追って行っちゃったのよ」

「将太を追って？　お金もなくて、男の人にその気がないと判ってて――それでも追って行くなんて、私には考えられません」

「……諦められなかったんじゃないかしら。諦められないから、似面絵だってきっと初めから将太を探すつもりで頼んだのよ。お勢さんは、待つのをやめて追うことにしたんだわ。押しかけ女房という言葉があるくらいだもの。追って追って捕まえた暁には、将太も観念するかもしれないわ」

それはもしや、千恵の願望なのではないかと律は思った。

「ああでも、今以上に嫌われてしまうかもしれないわね」と、少しだけ目を落として千恵は続けた。「一生見つけられないということも……」

「……お千恵さんならどうされますか？　お千恵さんがお勢さんだったら――？」

「私？」

小首をかしげて、千恵はちらりと部屋の隅を見やった。

敷台に置かれた鉄黒の花瓶に、姫侘助が二枝挿してある。

「……私はこの通り、待つことしかできないもの」

つぶやくように千恵は応えた。

余計なことを訊いてしまったと思い、律はそっと話を変えた。

「この家は『椿屋敷』と呼ばれているそうですね。お千恵さんが椿が好きだから……」

「そうね。初めは門の一本だけしかなかったの。それじゃあ寂しいから植木屋さんに二、三本足してもらうことにしたら、雪永さんが違う椿をどんどん注文していったのよ。雪永さんは私が大の椿好きだと勘違いしているの」

「勘違いなんですか？」

驚いて少しだけ声が高くなる。

椿に思い入れがないのなら、着物を欲しがらないのも道理である。

「椿は好きよ。大好き……でも私が椿が好きなのは、周之助さまの一番好きな花が椿だからよ。雪永さんはそのことを知らないのよ……」

寂しげに、だがまっすぐに己を見て千恵が言う。

その瞳からは「正気」しか感ぜられなかった。

――もしかしたら。

「お千恵さん、あなたは――」

もしや本当は判っているのではないのですか？

十数年前の事件の真相も、自分に夫がいないことも――

だがそれは己が軽々しく問えることではなかった。

言葉を呑み込んだ律へ、千恵は気を取り直したように微笑んだ。

「私のことはもういいわ。――それよりお律さんのことを聞かせてちょうだい。お律さんのいい人のこと」

「私の？」

「ええ、お律さんの。雪永さんから聞いてるわ。どこかの次男さんから、求婚されているんですってね。ねぇ、お杵さん？」

「神田の糸屋……確か井口屋という店の次男さんで、名は基二郎さんでしたかね」

「そう。そうよ。基二郎さん」

「ち、違います！」

雪永さんたら――

「だって雪永さんはそう言って……ね、お杵さん？」

「仰っていましたね。基二郎さんは染物、お律さんは上絵と、職人同士とても気が合うと」

「誤解です。基二郎さんとはなんにもないんです」

「誤解だというなら、そんなに赤くなるのはおかしいわ。基二郎さんじゃなくても、誰か恋人がいるんでしょう？」

いたずらな笑みを漏らした千恵に、ふと思いついて律は応えた。

「……初めてここに来た時に、葉茶屋に勤めている幼馴染みがいるとお話ししましたね？」

「誰がお茶を淹れるか揉めた時のことですね」と、杵が付け足した。

「お律さんはお茶を淹れるのが上手だわ。私もこつを教わって……」

「私にお茶の淹れ方を教えてくれたのは、その幼馴染みなんです」

律が言うと、千恵は一瞬黙ってから口を開いた。

「察するにその幼馴染みさんは男の方で——その人がお律さんの恋人なのね？」

「……判りません」

「どうして？」

「私はその人のことがずっと好きで、その人も私を好きだと言ってくれたけど……」

「けど？」

「その人は奉公人じゃないんです。跡取り息子で、そのお店は相生町では一番の大店なんです。だから私じゃあ釣り合わないんです……身分違いなんですよ」

身分違い、という言葉を交ぜたのは、千恵と周之助のことをもっと知りたいと思ったからだ。千恵がもしも正気なら、悲恋の記憶からなんらかの反応を見せるのではないかという淡い期待が律にはあった。

「身分違い……」

確かめるようにつぶやいてから、千恵は律に微笑んだ。

「それだけならなんとかなるわ。でもお律さん、恋人と夫婦は違うから……楽しむなら恋のうちよ。夫婦になると楽しいばかりじゃないもの。身分違いなら尚更よ。覚悟が生半なうちに一緒になると大変よ……」

律の目を見て千恵は言ったが、微笑んでいる分、正気かどうかは判じ難い。

それより千恵の台詞を聞くうちに、綾乃のことが思い出されて律は困った。

青陽堂で働く己を想像するとどうしてもちぐはぐな絵面になるのに、綾乃なら容易に、いくらでも店に馴染んだ様が思い浮かぶのである。

思わず溜息を漏らしそうになった律に、杵が明るい声をかけた。

「そろそろ粥も温まっておりましょう。今、お注ぎしますね、お律さん」

火鉢の上の小鍋にはこれも冬至の縁起物である小豆粥が入っていた。

蓋を取ると小豆のほんのり甘い匂いが漂う。

「今日は一陽来復……陰が極まり陽が生ずる日です。長い冬ももう終わりでございますよ。さあお律さん、これで温まってくださいまし」

「ありがたくいただきます」

外は今日も身を切るような寒さで、春の兆しはまだ見えない。

粥を冷ますべく椀に息を吹きかけると、同じように椀を持った千恵と目が合った。

互いに目を細めると、律たちは申し合わせたように笑みをこぼした。

第二章　姉探し

一

雪永から借りている椿の画本とにらめっこしながら、律は筆に墨を含ませた。

花は侘助、色は赤……

千恵の着物のための新たな下描きである。

雪永は華やかなものをと言っていたが、当の千恵は「人妻」であることを気にしているようだ。村松周之助との縁談はとっくに破談となっているのだが、千恵は二人が夫婦になったと信じている……らしい。

二日前――冬至に訪ねた際は一瞬、千恵は全てを承知の上なのではないかと疑った律だが、のちの千恵の様子からするとやはり思い過ごしのようである。

どちらにせよ己が首を突っ込むことではない。

己は上絵師で、当面の仕事は千恵が認める下描きを描くこと、念願の着物を一枚、自分一人で仕上げることであった。

着物はこれまでに何度も手掛けたことがある。父親の伊三郎の手助けはもとより、伊三郎が手を怪我してからは、伊三郎の方が下絵、律が仕上げを担っていた。

しかし、伊三郎はもういない。

律が一人で「上絵師」の看板を掲げて一年と数箇月が経った。

町奉行所の似面絵を請け負うようになったり、両親の仇討ちを果たしたり、弟の慶太郎を奉公に出したりと、振り返れば目まぐるしい日々であったが、上絵師としてはいまだ鳴かず飛ばずの律である。

同じ仕事をしているのに、女というだけで認めてもらえない――

初めのうちはそんな風に思っていた。

が、まもなくそれが自惚れだったと思い知らされた。いくつもの呉服屋からけんもほろろの扱いを受け、池見屋の女将・類の厳しい評を聞いて目が覚めた。父親と遜色ない仕事をしているつもりでいて、実は己の未熟な腕が上絵師・伊三郎の名を汚していたのである。

伊三郎が死してから徐々に、父親の抱えていた無念の大きさに気付かされた。

妻の美和を――律の母親を――辻斬りに殺された悔しさに加え、己の手が利かないもどかしさ、娘に頼らねばならない情けなさ、それでも暮らしのために己の名で未熟な品物を納めざるを得ないやるせなさ……

昨日、律は再び母親の着物を箪笥から取り出して広げてみた。

普段からよそ行きとして着ている着物ではなく、律はまだ一度も身に着けたことのない桔梗の上絵が入った着物である。

美和が亡くなるまでの伊三郎はそこそこ名の知れた上絵師だったが、もう六年以上前のことである。母親の生前からも仕事は暮らしのためだったから、手元にある父親の作品は、美和のために描いたこの桔梗の着物一枚のみだ。

俗に白鼠といわれる銀の地色に、高価な紫色をふんだんに使ってある。単なる桔梗色にとどまらず、紫紺、深紫、紺桔梗と深みのある色から、菫色、二藍、藤鼠、薄色と明るめの色まで、それぞれの花に合わせて何色も使い分けてあった。葉や茎の緑も地色に合わせた落ち着いた色合いで、何より花の鮮やかさに対する葉のぼかし具合が絶妙だった。

私は一体何を見てきたのか……

季節ごとに虫干しに出していたというのに、父親の仕事を手伝ううちに、自分でもこれくらい描けると思うようになっていた。今振り返れば赤面ものの過信である。

巾着などの小間物の上絵を描きつつ、少しずつ腕を磨いてきた律は、この夏、上絵師・一景のところへ手伝いに出て大きな刺激を受けていた。

一景と弟子たちの丁寧で揺るぎない仕事を間近で見て、職人としての意欲が高まった。

これまでも他の上絵師が描いたものを池見屋で目にしていたが、あれからは呉服屋の方も積極的に覗いてみるようになっていた。そうした中で時折、桔梗の着物も広げてみる。

おとっつぁんがおっかさんを想いながら描いた着物――

夫婦愛は別格だろうが、此度の椿の着物を着るのは千恵で、律ももう見知っている。

——その方に似合う絵を描くことができる——

そう類に大口を叩いたこともあるが、千恵と顔を合わせ、事情を知るにつれ、千恵にふさわしい——千恵が心から喜んでまとってくれる着物を描きたいと願うようになっていた。

そろそろ七ツになろうかという頃合いだった。

今日は今井は昼過ぎに、友人にて医者の恵明のもとへ出かけて行った。ゆえに涼太は来ないものと思っていたが、八ツ半まではどことなくそわそわした気持ちが抜けなかった。

長屋で二人きりになるのは難しい。

接吻を交わした時は、ほんの僅かな時だったから他の住人に怪しまれずに済んだのだ。

だが二言三言交わすだけでも、まったく会えないよりはましである。

ましだと思うのに……

律が涼太を訪ねる訳にはいかない。青陽堂に茶葉を買いに行ったとしても、涼太が相手をしてくれるかは賭けである。その点、涼太ならいくらでも言い繕って出て来れそうだと思うから、姿が見えない時は多少なりとも恨めしい。

だが以前と変わらぬ日々に、ほっとしている己がいないこともなかった。

——楽しむなら恋のうちよ——

一昨日千恵が言った言葉が身に染みる。

一緒になると大変よ――

大店のおかみなど己には到底務まらないと思っているし、上絵を諦めるつもりもない。千恵に――綾乃にも――言わせれば「覚悟がない」ことになろう。

とはいえ、恋だけを楽しむほどの器用者でもない律だった。

せっかく相思になったというのに、なんとも宙ぶらりんである。

とにかく今は、お千恵さんの着物を――

と、改めて筆を握り直した時、井戸の方から向かいに住む佐久の声がした。

「あら、慶ちゃん！　まあまあ……」

――慶太郎？

慌てて律は腰を浮かせた。

神無月から奉公に出て、藪入りまでまだ二月以上ある。

まさか一月ちょっとで戻されるなんて――

一体何をやらかしたのかと、草履を履いて律は表へ急いだ。

佐久にお辞儀をした慶太郎は、まだ奉公先の菓子屋・一石屋の前掛けをしている。

その後ろに若い女の姿が見えて律は困惑した。

律に気付いた慶太郎が、ぺこりと一つ頭を下げた。

二

「慶太、一体」

どうしたの——と、律が続ける前に、慶太郎が後ろを振り向き女に言った。

「おせんさん、こちらが私の姉のお律です」

それから律へ向き直ると、改めてお辞儀する。

「お姉さん、本日は似面絵のことでご相談に上がりました。店の許しは得ております」

——なるほど、そういうことだったのか。

合点(がてん)してしまうと、慶太郎の子供ながらにしっかりした口上が可笑しくも誇らしい。

ここは一丁、一人前に扱ってやらねばなるまいと、律も口調を改めた。

「判りました。おせんさん、慶太郎さん、どうぞお上がりください」

慶太郎は草履をきちんと揃えて上がり、火鉢の近くにせんをうながしてから、手にしていた包みを律に差し出した。

「おかみさんから、土産(みやげ)にするよう言付かって参りました」

まだ十歳の慶太郎は三人の中で一番背が低く、声変わりもまだである。しかしぴんと背筋を伸ばしてかしこまる様は既にいっぱしの奉公人だ。

「まあ、お気遣いありがとうございます。今、お茶を淹れますからね」

ほころびそうになる顔を唇を噛みしめることでとどめて、律は茶筒を取りに立った。

茶を淹れて、もらった菓子を早速二人に勧めながら、改めてせんを見る。

年の頃は十八、九。鼻梁(びりょう)の整った美人で、着物は利休鼠(りきゅうねず)一色の袷に御納戸茶色の帯と地味だが、それがかえってほのかな色香を醸し出している。

似面絵のこと、と慶太郎は言ったが、この女がどんな似面絵を所望しているのか、律は早くも興味が湧いた。

「急にお邪魔してすみませんでした。そのぅ、急ぎの用事では……」

「いいんですよ。おせんさん」

そう言ったのは慶太郎だ。

「お姉さん、おせんさんはお姉さんを探している――いらっしゃるのです。あ、お姉さんというのはおせんさんの姉上です」

いつも「姉ちゃん」だった慶太郎が「お姉さん」と呼ぶものだからややこしく、そして律にはなんともくすぐったい。

「お姉さんが行方知れずなのですか？」と、律はせんに問うた。

「ええ……姉は八年前に浅草の旅籠に奉公に出ました。この度、私も江戸に出ることになりまして、奉公中に悪いとは思ったのですが、一目会えないかと姉の働く旅籠に行ったところ、姉は昨年辞めて、別の旅籠に移ったというのです。在所が遠いので、藪入りでも帰って来ることは滅多になかったのですが、そういえば家にも昨年の夏は帰っていません」

「奉公先は、お姉さんがどちらの旅籠に移ったのかご存じないのですか？」

「それが……」と、せんはうなだれた。「女将さんと一悶着あったそうで、売り言葉に買い言葉で出て行ったから、行き先は知らないとのことです」

「では移ったのが旅籠かどうかも、しかとは判らないのでは……？」

「それは番頭さんが、私を気の毒に思って後でこっそり教えてくれたんです。浅草御門で姉を見かけたことがあるって。その時姉が『今は別の旅籠でよくしてもらってますので』と言っていた、と。でもどこの旅籠かは姉は言わなかったそうなんです」

「そうですか」

とにかく姉はまだ江戸にいるようだ。

故郷がどこかは知らないが、遠いのなら文一つ送るのも大層なことである。姉としては家に心配をかけたくないだろうから、次に戻った時にでも事情を話すつもりなのだろう。しかし昨年から音沙汰がないのであれば、せんが案ずるのも当然だ。せっかく江戸に出て来たというのに、姉妹が会えないというのも不憫である。

「それで、おせんさんは今、浅草や両国の旅籠を訪ねて回ってるんです」

慶太郎が横から口を出した。

「うちは得意先に旅籠が多くて……届け物をした時に、おせんさんを見かけて話を聞いたんです。それで同じ回るにしても、似面絵があった方が探しやすいんじゃあないかと」

ちらりとせんを見やった慶太郎に気付いて、律は再び合点した。

なるほど、そういうことなのね……

長屋暮らしでは助け合いはあたり前。助けることも、助けられることも日常茶飯事だ。得意先の旅籠に行った慶太郎は、姉探しに途方に暮れているせんに同情し、日頃そうしているように手助けしたいと思ったのだろう。その心がけは姉として褒めてやりたいが、慶太郎には親切心とは別に、せんへの好意があるようだ。

下心――とは違う。

十二、三歳の少女ならともかく、せんは慶太郎の倍近い――年増になろうかという年頃だ。女性に対する好意には違いないのだが、幼馴染みの夕に抱いているような恋心ではなく、ただ美しい――慶太郎からしたら年上の――女性に対する憧憬だと思われる。

律とは一回り年の離れた慶太郎だ。母親が死してからは母親代わりを務めたこともあった律だが、いつまでも幼い弟ではないのだと思うと、嬉しいやら、寂しいやらだ。

「そうですね。似面絵ならお任せください。おせんさん、まずは下描きをしますから、お姉さんのお顔をお聞かせください」

姉妹だけに、せんから聞いて描き上げた似面絵はせんに似ていた。

だが、うりざね顔のせんより姉は丸顔に近く、目元が優しく唇もふっくらしている。ほんの僅かな違いに見えるが、やはり絵の方が伝わりやすいだろう。

せんも目元や唇の造形は愛らしいのだが、女の律には惜しい気がした。行方知れずの姉を憂えているせいか、どこかくすんだ様子なのが、女の律には惜しい気がした。

「慶太郎さんの言ってた通りだわ……本当にお上手」

微笑んだせんに、慶太郎も照れた笑みをこぼした。

「姉ちゃ——お姉さんは、昔から絵が得意で。だから父の跡を継いで上絵師になったんです。似面絵だけじゃなくて上絵も上手なんです。上野の粋人御用達の呉服屋さんが贔屓にしてくだすってるくらいで」

上野の呉服屋「しか」贔屓にしてくれてないんだけど……

少し前なら余計なことを言うなと叱り飛ばすところだったが、律が鳴かず飛ばずなのは慶太郎も承知の筈だ。それでも尚、持ち上げてくれるのなら、その言葉に見合った己を目指そうと今の律は思う。

「……女の職人さんに会うのは初めてです。お父さまは反対されなかったのですか？　慶太郎さんという息子がいるというのに？」

律が口を開く前に慶太郎が応えた。

「父は姉の才を買っていました。私は遅くに生まれましたし、絵の方はさっぱりで——その代わり、これから立派な菓子職人になってみせます」

慶太郎が胸を張ると、せんはにっこりして言った。

「楽しみだわ。早く慶太郎さんのお菓子がお店に並ぶようになるといいわね」

せんは小伝馬町の、同じ郷里の者の長屋に身を寄せているという。

似面絵の代金はもらわなかったが、二人が辞去してしばらくしてから、慶太郎が一人で戻って来た。

「姉ちゃん、すまねぇ。似面絵代はおれのつけでたのまぁ」

兄弟子を真似た伝法な口調に、律は今度は遠慮なく噴き出した。

「なんだい、もう……」と、慶太郎も頬を膨らませる。

「お代なんていいのよ、慶太」

「よくないよ。おれが払うったら払うんだ」

「判ったわ。じゃあ大負けに負けて百文にしておくわ」

「百文か……」

一石屋の饅頭は一つ八文だ。材料代と手間賃が含まれているから八文丸々儲けにはならない。奉公に出る前から、慶太郎は今井の友人の恵明のもとで駄賃仕事をしていたが、小商いを間近で見ている今なら、百文を稼ぐ厳しさをもっと知っている筈だった。

「お菓子をいただいたから、もう少し負けてあげてもいいわ」

つい甘くなってしまった律へ、慶太郎は首を振った。

「ううん、それじゃあ駄目だ。お饅頭はおかみさんからの土産だもの」

「じゃあ、お店に帰る前に少し食べて行きなさい。ほら、まだ八つも残ってる。姉ちゃん一人じゃ食べきれないわ」

似面絵を描いている間、十個あった饅頭のうち、せんが二つを食べたが、慶太郎は手をつけなかった。店からの土産だし、せんの手前、見栄を張ったのだろうと思ったのだが、慶太郎はまたしても首を振った。

「いいんだ、姉ちゃん。食べきれないなら長屋のみんなに分けてあげてよ。丸に一つ石の紋が入ったこのお饅頭はうちの看板なんだから、みんなに食べて欲しいんだよ」

こうして以前の口調に戻っても、奉公前とは多分に違う。ぐんと逞しく、頼もしくなった慶太郎に律は思わず胸を熱くして頷いた。

「判ったわ。……慶太郎も早く、板場に入れてもらえるようになるといいわね」

「うん」と、慶太郎ははにかんだ。「でもまだずっと先のことだよ。板場に入る前にもたくさん覚えなきゃならないことがあるんだ。一朝一夕には叶わないって、吾郎さんが」

吾郎というのは兄弟子で、律も挨拶で一度だけ顔を合わせたことがある。伝法な口調だけでなく、人前での口の利き方や所作も吾郎が教えてくれたのだろう。

「そうね。一朝一夕に一人前になれれば苦労はないわ……」

「それより早くおせんさんのお姉さんが見つかるといいな。さっきの似面絵でおれも顔を覚えたから、これから旅籠に行く時は気を付けて見てみるよ」

「あら、随分な張り切りようね。別嬪さんだものねぇ、おせんさん」

「ち、ちが——何言ってんだよ、姉ちゃん！」

ほんのり頬を染めて慌てた慶太郎が微笑ましい。

「夕ちゃんと、どっちが別嬪さんかしらねぇ——」

ついついからかい口調で続けると、慶太郎は顔を赤くしてむくれた。

「なんでぇ、もう！　莫迦莫迦しい！　おれぁもう行くからな。女子供のたわ言にいつまでも付き合ってられねぇや」

「まあ」

「じゃあな、姉ちゃん」

律が止める間もなく、くるりと踵を返して慶太郎は行ってしまった。

自分だってまだ子供のくせに——

口を尖らせたのもほんの一瞬で、つまらないことを言った己が悔やまれる。

自ら人助けをしようというのだから、素直に褒めてやればよかった。

慶太郎は私の上絵を褒めてくれたのに、私はそのお礼さえ言わなかった。

せっかく一月ぶりに会えたのに。

藪入りまでまだ二月以上もあるというのに。

急にがらんとした家は寒さを増して、火鉢の横で律はしょんぼり肩を落とした。

三

翌日も律は下描きに打ち込んだ。

雪永が下描きにも手間賃を払ってくれるのはありがたい。これまでもけして手を抜いてはいないのだが、実入りになると思うとますます力が入る。

――花は赤でも、深みがある濃紅（こきべに）や紅樺色（べにかばいろ）はどうだろう？

でも、そうすると地色に迷う――

あんまり落ち着いた色合いばかりだと、「地味だが粋」を通り越して「年寄り臭い」着物になってしまいそうである。

律より一回り年上とはいえ、千恵はまだ三十四歳だ。年相応に控えめな色や意匠にするとしても、花の艶気は残しておきたかった。

此度の下描きには枝葉を多めに入れることにした。

椿の向こうに佇（たたず）む千恵を思い浮かべながら、足元から袖の袂にかけて咲き初めの侘助を描いてみる。

地色は銀鼠——ううん、白鼠……

夢中になって描いていると、ふいに「お律」と涼太の声がして、律は筆を落としそうになった。

「涼太さん」

腰を浮かせた律に、引き戸の向こうから涼太は言った。

「一息つけそうなら、茶でもどうだ？」

「あ、はい」

「じゃあ、先生んちにいるからよ」

仕事中の律への配慮かもしれないが、顔も見せずに隣りへ行ってしまった涼太に律はやや気落ちした。これで今日も二人きりで会うことはなさそうである。

たすきを外して手を洗い、胸元と鬢を少し整えてから隣りへ向かった。

「仕事はどうだい、お律？」

火鉢にあたりながら今井が問うた。

「なんとか仕上がりそうです」

「ほう。それはよかった。此度も二枚持って行くのかい？」

「いえ、一枚だけです」

「一枚？」と、問い返したのは涼太の方だ。

「ええ。でも、いい意匠を思いついたんです。だから次はそれだけ持って行くつもりです」

「それならいいんだが――しかし、聞いただけだが、お千恵さんとやらは相当手強い相手じゃねぇか。一枚だけじゃあ心許(こころもと)ないんじゃ……」

涼太が案ずるのも無理はないが、何枚描いたところで凡庸(ぼんよう)なものでは駄目なのだ。それに、下描き代をもらうのだから「これは」というものしか見せられない。

「一枚とはまた潔いじゃないか、涼太」

律が口を開く前に今井がとりなした。

「仕立てる着物は一枚なんだから、下描きを何枚描いたところで選ばれるのは一枚だけさ。いいのが描けたとお律が言うんだから、今度こそお千恵さんも気に入ってくれるだろうよ」

今井が言うのを聞いて、涼太は顎に手をやった。

「なるほど、先生の言う通りだ。好みがあるから、茶葉を売り込みに行くときゃ、甘いのから渋いのから、抹茶、煎茶、番茶、茎茶(くきちゃ)といろいろ取り揃えて行くんだが、お律はお千恵さんと何度か会ってっから人柄や好みも承知の上か。すまねぇ、余計な口を挟んじまって」

「ううん、気に入ってもらえるかどうかは、まだ判らないし……」

言葉を濁して律は応えた。

正直なところ、千恵の人柄も好みも承知の上とは言い難い。

上絵は茶葉とは違う、という思いもあった。

涼太は仕入れたものを売る商人だが、律は一から商品を作り上げる職人なのだ。己を案じてくれるのも、太鼓判を押してくれるのも、涼太の思いやりだと判っているものの、売り手と作り手では悩みどころが違うと、漠然とした苛立ちを感じてしまう。

月のものには早いのに……

うじうじしている己に嫌気がさして、律は小さく溜息をつきながら茶碗に手を伸ばした。

「お律？」

窺うように涼太がこちらを見やったので、取り繕うために律は口を開いた。

「昨日、慶太郎が来て——」

せんを連れて来たことと、せんの姉の似面絵を描いたことを話した。

「ああ、それで……」

一通り聞いたのちに、涼太が一人で合点する。

「それでってのは、なんだい涼太？」と、今井。

「昼前に届け物に行ったんですが、その時に慶太を見かけたんです。浅草の巽屋って旅籠の前で、何やら具合が悪くなった女を介抱してたんでさ」

「具合が？」と、今度は律が問うた。

「大したことはなさそうだった。立ちくらみか差し込みか……『おせんさん』と慶太郎が呼んでたから、お律が似面絵を描いてやったお人で間違ぇねぇだろう。声をかけようか迷ったが、巽屋はどうやら一石屋の得意先らしいな。慶太郎がちゃっちゃと番頭に話をつけたみたいでよ。おせんさんは巽屋で一休みさせてもらうことになったらしいや。だから俺の出る幕じゃあねぇやとそのまま……慶太もすっかり一人前だな」

感心した様子の涼太に、律は曖昧に頷いた。

「でも、まだまだよ……」

慶太郎への賞賛を素直に喜べないのは、それが「浅草」だったからだと判っていた。浅草への届け物というとおそらく尾上——綾乃のところ——だろう。

くだらない、と律自身も思っている。

料亭・尾上は青陽堂の得意先で、涼太は月に二回は茶葉を届けに行っている。涼太への好意を隠さない綾乃に、何度か律が嫉妬を抱いたことはあった。だが此度の気持ちは、嫉妬というより不安に近い。

相思でも一緒になれない人もいる……

案の定、涼太は何か察したようで、微かに不満げな顔をした。

「そんなこたねぇよ、お律。そりゃあ慶太はまだ子供だけどよ。自ら人助けしようなんて、見上げた心がけじゃあねぇか」

「……おせんさんが別嬪さんだから、ついほだされただけじゃないかしら」

我ながら意地が悪いと思いつつ、つんとして律は言った。

「そいつぁ、いくらなんでもあんまりだ」

「だって男の人は、誰でもいつでも別嬪さんには親切だわ」

「そりゃあ、おせんさんはちょいと見目良い女だったけどよ……だが、慶太郎があの人の手助けをしてやりたいと思ったきっかけは、あの人が姉さんを探してるからさ」

「お姉さん……？」

「そうだ。おせんさんが十八、九で、姉さんは八年前に江戸に奉公に出て来た……とすると、その姉さんてのは、お律と同じくれぇの年頃だろう。おせんさんの姉さんは、家の誰にも言わずに行方知れずになったそうじゃねぇか。だから慶太郎は余計に同情したに違ぇねぇ」

はっとしたものの、今引き下がるのは癪である。

「そんなの……涼太さんの勝手な思い込みよ」

「そうかもしれねぇ。でも、慶太が聡い子なのは、姉貴のお前が一番よく知ってる筈だ。慶太はお律の仇討ちのことはなんも知らねぇ。いや——何かあったと薄々勘付いていただろうが、誰にも何も訊かなかった。一月前のことだってそうだ。あの裕二って野郎は、お前を脅すつもりで出刃を持って来たんだぞ？　一石屋はほんの隣町だが、近いからってそう易々と安心できねぇさ。お律の身に何かあったら、お前が急にいなくなったらって、慶太郎が不安にかられるのも無理ねぇだろう——」

涼太に言われて、拗ねた慶太郎の声が脳裏によみがえった。

――なんでぇ、もう！　莫迦莫迦しい！――

律がぷいと横を向いたのは、そうでもしないと泣き出してしまいそうだったからだ。

「お律」

穏やかな声で今井が呼んだ。

「悪いが茶瓶に水を足してくれないか？　ああ、火鉢に炭も少し頼む。すぐに沸くだろうから、そしたらもう一杯、涼太に茶を淹れてもらおうじゃあないか」

「……はい」

鉄瓶を持って土間に下りると、今井たちに背を向けたまま、律はそっと潤んだ目へ袖をやった。

「慶太郎といえば、昨日、饅頭を手土産に持って来たそうだね」

「ええ、おかみさんからだと……すみません。先生がお戻りになる前に、みんなに配ってしまいました」

「いいんだよ。私も昨日、あそこの饅頭を恵明に手土産に持ってったのさ。恵明も慶太郎の様子を気にしていてね。おかみさんの褒め言葉をそのまま伝えたら、喜んでたよ」

「そうでしたか……」

「流石、俺が仕込んだ慶太郎だ、なんて言う始末さ。私にとっても自慢の教え子だ。慶太郎だけじゃない。お律も、涼太も……お前たちはまだこれからさ。焦る気持ちも判らんでもないが、まあここにいる時くらい、老いぼれに付き合ってゆるりとしてくれよ」

やはり今井は、律たちのことに気付いているようである。

「老いぼれなんて……嫌だわ、先生」

「そうですや。先生こそまだまだこれからです」

律たちが口々に言うと、今井はいたずらな笑みを浮かべた。

「恵明といえば、お弓さんとも上手くいっててね」

弓は恵明の幼馴染みかつ若き日の恋人だ。身分違いから一度は別れ、互いに違う伴侶を得るも、死別して今は二人とも独り身である。昨年秋に恵明の方から積極的に働きかけて、再会を果たし、良き茶飲み友達となっていた。

「上手くいってるというのは……まさか祝言でも挙げるんで？」と、涼太が問うた。

「判らんな」と、今井は苦笑した。「恵明はともかく、お弓さんは祝言なんてとんでもないと言っている。だが幼馴染みで、もとより気心の知れた二人だ。多少喧嘩したところで、すぐ仲直り……まあ微笑ましい限りさ」

励ますつもりで今井は言ったのだろうが律は複雑だ。

恵明の家は医者、弓の家は職人と、律たちと似たような身分違いであった。

今はともかく——一度は夫婦になろうと言っていたにもかかわらず、袂を分かって違う道を二十年も歩んだ二人である。

昨年出会った時も、弓に己を重ねた律だったが、今なら尚、若き日の弓の気持ちが判る気がして困った。

今井の手前笑顔を作ってみたものの、二杯目の茶を飲み干すと、律は早々に家に戻った。

四

伏野屋(ふしのや)を涼太が訪ねるのは一月ぶりだった。

香の夫の尚介(しょうすけ)に挨拶をし、土産の茶葉を渡していると、早くも奥の暖簾から香がちらりと顔を覗かせた。

苦笑する尚介に案内されて家に上がると、先に戻った香は澄ました顔で座敷で迎えた。

部屋には縫いかけの着物の袖やら衿やらが散乱している。

「香、土産に茶葉をもらったよ」

「あらお兄ちゃん、ありがとう。さ、座って、座って」

尚介から茶葉の包みを受け取りながら、涼太を火鉢の横へうながした。

「ごゆっくり」とにこやかに言って、尚介は店の方へ戻って行く。

「ささ、お兄ちゃん、まずは一杯」と、傍らの茶櫃を香が差し出した。

「何が、まずは一杯、だ。葉茶屋の娘が客に茶を淹れさせるたぁ……」

「だってお茶のことなら、お兄ちゃんの方が上手なんだもの。それに私は今はもう、葉茶屋の娘じゃなくて、薬種問屋の若おかみなんだから」

「よく言うぜ。まるで針子部屋のお針子じゃあねぇか」

涼太が言うと、香は口を尖らせた。

「嫁いびりよ。判らないの？」

嫁いびり……だったのか。

「……お峰さんにか？」

「お多代さんもよ。次から次へとあれを仕立てろ、これも仕立てろと——おかげで、なかなかりっちゃんちに行けないわ」

峰は香の姑、多代は小姑である。

「近頃顔を見ねぇと思ってたら、そういうことか」

「そういうことよ」

「そらお気の毒だが——お前もふらふらし過ぎなんだ。いくらお律のところへ行くったって、実家が目と鼻の先にあるんじゃあ、婚家はいい気がしねぇだろう」

「それは私だって……」

しおらしくなったのも一瞬で、香はすぐにつんとして言い放った。

「お説教ならたくさんよ。りっちゃんのことが聞きたいわ。りっちゃんにはちゃんと話をしたんでしょうね？」

「あ、ああ――」

目を輝かせた香に、ふと疑問を覚えて涼太は訊き返した。

「……香、お前、お律から何も聞いてねぇのか？」

「だって私はあれからしばらく風邪で寝込んでて――峰さまには嫌みを言われるし……やっと訪ねてみればりっちゃんは仕事で、ほんのひとときしか会えなかったのよ」

女同士はその「ひととき」でさえおしゃべりに余念がないように思われるが、それは今言わずともいいだろう。

香にうながされるまま、涼太は綾乃との誤解を解いたこと、律に想いを告げて求婚したことを手短に話した。

が、接吻のことは言わなかった。

「でかしたわ、お兄ちゃん！　それでりっちゃんは、なんて？」

「そりゃ、頷いて……」

「頷いて？」

「……それだけだ。夕刻であまり長く店を空けてられなかったしよ」

「で、でも、その後にも、りっちゃんに会ってるんでしょう？」

「そりゃ、先生んちで八ツの茶を飲んでるが、そこはお律も俺も先生に気取られないよう、いつも通りに振る舞って……」

「そうは言っても、りっちゃんのことだから、顔に出ちゃってるんでしょう？」

「それが、そうでも……」

だからこそ、香が律から何か聞いてやしないかと、今日は出かけるついでに伏野屋も訪ねることにしたのである。

「そんなの、おかしいわ」

腕組みをして香は言った。

「着物の仕事は大変そうだったけど……お兄ちゃん、何か思い当たるふしはないの？」

思い当たるのは接吻のことだが、律が香に話してない以上、己から香には明かし難い。

「ねぇなぁ……綾乃さんとも仲良くなったみてぇだしよ……」

「え？　仲良くなったってどういうこと？」

先日、二人が一緒に将太という男の後をつけた際に、道中や居酒屋で打ち解けたようだと涼太が告げると、香はみるみる目を吊り上げた。

「これだから男は浅はかでいけないわ！」

「浅はかって……」

「恋敵がそうそう仲良くなれる筈がないでしょうに。りっちゃんのことだから、求婚の話もきっと綾乃さんには言えず仕舞いよ。それにお兄ちゃん、りっちゃんに綾乃さんのことは話しても、綾乃さんにりっちゃんのことを話してないんでしょう？」

「あのなぁ、香。尾上から縁談でもありゃあ、きっぱり断るさ。だが、こっちからお律のことをわざわざ言うのはおかしいじゃねぇか。大体、綾乃さんは得意先の娘さんに過ぎねぇんだ。茶を届けるついでに二言、三言挨拶するだけさ」

「でも、それとなくでも言っておいた方がいいわ。りっちゃんはお兄ちゃんの許嫁だって」

「許嫁か……」

気恥ずかしさよりも不安を感じたのは、己に自信がないからか？

「そう、明言してぇのはやまやまなんだが、となるとまずは……」

察したのか、香が深く溜息をついた。

「……まずは母さまね」

「ああ、まずは女将さんだ」

一息に求婚まで果たしたのは我ながら褒めてやりたいが、実際に律を娶るのは――己が店を継ぐのは――一体いつになるのかしれない涼太である。

律の描いた巾着をよく使っているし、似面絵の礼のついでに高価な茶筒や玉露を渡すなど、母親の佐和は律を好いていないことはない――と思われる。

だが、嫁となるとどうだか……

香は茶を飲みながら、ああでもない、こうでもないとぶつぶつ言っていたが、憶測ばかりでは埒が明かないと、涼太は早々に腰を上げた。

遅かれ早かれお律と——おふくろとも——直に話してみるしかねぇ……

伏野屋を辞去すると、涼太は今度は銀座町から日本橋まで少し戻って、扇屋・美坂屋を訪ねた。美坂屋には跡取り仲間の勇一郎がいる。師走に入ると忙しくなるから、その前に一度集まろうじゃないかということで、今日は日本橋まで出て来たのであった。

しかし美坂屋に着いてみると、初めから遠慮していた酒問屋の永之進に加え、瀬戸物屋の雪隆は妻の看病、本屋の則佑は腹痛のために来られず、勇一郎と二人きりなのが判った。

「則佑は食べ過ぎで腹を下したらしい。雪隆のおかみさんは悪阻がひどいみたいだな」

「悪阻——というと、おめでたか。春に祝言を挙げたばかりじゃねぇか」

「もう霜月だぞ、涼太。種を仕込むには充分だろうさ」

「そりゃそうだが……」

嫁いで三年、いまだ子が授からぬ香がちらりと頭をかすめた。

「それにしたってあの雪隆が父親たぁ、どうも俺にはぴんとこねぇや」

「そんなこたねぇだろう」と、勇一郎は苦笑した。「あいつも俺たちと同い年の二十三、あと二月もしねぇ間に二十四さ。跡取りとしちゃあ、嫁取りも子作りも遅いくれぇだ」

「だがよぅ……」

「俺も年明けには嫁を取るぜ」

「えっ？」

「それもあって、みんなに声かけたのによ。寂しいもんだなぁ、涼太」

にっこり笑う勇一郎は少しも寂しそうには見えない。

「嫁を取るって――お前――」

「俺だけじゃねぇ、永さんもさ。廻船問屋の次女だったか三女だったか……永さんは年明けまで忙しいからよ。祝言は来年の如月か弥生……」

「そんな……」

「いひひ、残るは涼太と則佑の二人きりってことだ」

「いひひ、じゃやねぇ、莫迦野郎」

大げさにむくれて見せると、勇一郎は本当に笑い出した。

「この野郎……」

「二人で飲むのもなんだからよ。今日は中へ繰り出そうぜ」

悪びれずに勇一郎は涼太を中――吉原――へ誘った。

「中だぁ？」

「いいじゃねぇか、涼太。俺の門出を祝ってくんな」

「門出も何もてめぇ――そうだ、あの女はどうした？　神田明神の近くに好いた女がいたんじゃねぇのか？　それともあっちとは切れたのか？」

「まさか。あいつとはこれからも、つかず離れずの仲でいるさ。前に言ったろう？　俺は女房をもらっても、女遊びはやめねぇと。お前から見たら俺は遊んでばかりだろうが、これでも店のことを考えてんのさ。好いた女が店にふさわしいとは限らねぇ。女房子は店のため、外の女は俺のためだ」

「でも雪隆みたいなこともあるぜ？」

京の遠縁だという雪隆の妻はけして美人とはいえない——むしろどちらかというと不美人なのだが、雪隆とは相性がよいようだ。初めはぶつくさ言っていた雪隆も、妻の健気さと働きぶりに心を動かされ、折々に惚気じみたことを言うようになっている。

「ありゃいい嫁だよ。同じ瀬戸物屋の娘だけあって商売を心得てるし、雪隆に夢中で、嫁いで一年と経たずに懐妊だ。だがいくらできた嫁でも、嫁だけじゃあ物足りねぇ……少なくとも雪隆はそうさ。今は大人しくしてても、跡継ぎができりゃ、また外遊びを始めるさ」

「だが——」

「判ってらぁな。お前は俺や雪隆とは違うってんだろう？　それなら尚更、独り身の今、遊んでおこうじゃねぇかよぅ、涼太」

上手いこと勇一郎に言い包められ、涼太は吉原行きを承知してしまった。

これも付き合いだ——

そう思いつつ、憂さ晴らしなのは否めない。

接吻を思い返すと涼太はつい情欲を覚えそうになるのに、あれからなんの進展もないどころか律は何やらそっけない。仕事のせいだと思いたいが、己の勘は違うと言っていた。

寒いが、まだ早いからゆるりと歩いて行こうと勇一郎に言われて徒歩で日本橋を出たものの、浅草御門の手前で今度は駕籠に乗ろうと言い出した。

「このままだと疲れて、中に着いても、いたす前に寝ちまいそうだ」

「まったく、仕方のないやつだな」

「すまん。働き者のお前と違って、俺は怠け者のぼんぼんが売りだからよぅ——」

拝むように言われて、涼太は流しの駕籠を見つけるべく辺りを見回した。

御門前は賑やかで駕籠の行き来も多いが、一丁めはともかく、二丁めの駕籠がなかなか捕まらない。己は駕籠に合わせて歩いてもいいと思った矢先、一人の女が小走りにこちらへ駆けて来るのが見えた。

女は涼太の横を通り過ぎ、少し離れたところに佇んでいた男のもとへと急ぐ。

どこかで見た——と、思案したのも束の間で、勇一郎を駕籠へうながす間に思い出した。

先日、旅籠・巽屋の前で慶太郎が介抱していた、せんという女である。

二人の親密な様子からして男女の仲だと踏んだが、待ち人の男はせんよりずっと年上で三十路手前に見える。眉が太めで鼻が高く、美男とまではいえないがなかなか凜々(りり)しい顔立ちだ。年は離れているが、せんのような色香のある若い女は、勇一郎のような美男のぼんぼんよりも、ああいったしたたかさが見える男の方が安心するのかもしれない。

「なんだ、ああいうのがいいのかよ?」

駕籠から覗き見て勇一郎がにやにやした。

「違えや、莫迦野郎」

「だよなぁ。しかしあの男、やるじゃねぇか。女はやつにぞっこんみたいだ」

男にまとわりつくせんの笑顔は、巽屋で慶太郎へ向けたものとは大分違う。

男の方もまんざらではないらしく、涼太は微かな羨望を覚えつつ、勇一郎と駕籠をうながして吉原へ向かった。

五

次は昼餉を一緒に——と千恵に言われていたため、律は四ツ過ぎに長屋を出た。

少し早いが、道中で妻恋町にある茶屋・こい屋の茶饅頭を手土産にするつもりである。

青陽堂の前でちらりと店を見やったが、涼太の姿は見当たらない。

また届け物かと思った矢先、裏口の方から出て来た涼太にばったり出くわした。

「涼太さん」

「ああ、お律」

どことなく慌てた様子の涼太の後ろには男が一人いた。

「……こっちは勇一郎。跡取り仲間の一人だ」

「上絵師の律と申します」

「上絵師のお律さん、私は日本橋の扇屋、美坂屋の勇一郎と申します」

にっこりと会釈した勇一郎は、切れ長の目に細い眉、すっと鼻筋の通った色白の美男である。涼太より小柄で細いが、褐色の袷は染めも縫いも一目で判る上物で、帯から覗く鐘の意匠の根付は象牙、青鈍色の煙草入れはよく見ると同色の糸で蓮が縫い取られている。

「出かけるのか？　池見屋に？」

「いいえ、今日はお千恵さんのところへ……」

「お律さんは池見屋で仕事をなさってるんで？」と、勇一郎が訊いた。

「はい。……といっても巾着などの小間物の上絵が主で」

「池見屋は母の行きつけでね。話はよくお聞きします。女将さんが良いと言ったものしか置かないそうで――今度、お律さんの巾着を母に勧めておきますよ」

「それはありがとうございます。ですが、ここしばらく他の仕事に追われていて、巾着絵を納めておりません」

「それでもまあ、女将さんとのよい話の種になるでしょう。お律さんも御成街道の方へ？」

「ええ。妻恋町でお土産を買ってから、宮永町へ……」

「ではしばらくご一緒しましょう。私はこれから明神さまへ行くのでね」

「おい、勇一郎」

涼太は渋い顔をしたが、神田明神なら妻恋町への道中だ。

「お律、妻恋町で買う土産というのは、もしかしてこい屋の饅頭か？」

「ええ」

「じゃあ、俺も勇一郎を送りがてら一緒に行って、店の者たちに土産にするさ」

いくら涼太の友人とはいえ、勇一郎と二人きりというのはどうも気まずい。かといって断りにくいと思った矢先だったから、涼太が同行してくれるならありがたい。

先導するごとくさっさと歩き出した涼太へくすりと笑ってから、勇一郎が言った。

「こい屋は女の人に評判ですからねぇ。うちのがたまに買って来ます。そうだ、今日は私が土産にするとしよう」

「それは奥さまも喜ばれましょう」

律が言うと、勇一郎は一瞬きょとんとしてから破顔(はがん)した。

「奥さまじゃあないんですがね。まあ気心のしれたやつです。神田明神の裏手に住んでいましてね」

女と男女の仲なのは律にも判ったが、これから妻に迎えようとしているのか、ただの遊びなのか、それとも囲い女(かこいめ)なのかが気になった。

律が言葉に詰まっていると、勇一郎が一つあくびした。

「風呂にまで入ったのに、まだなんだか目が覚めねぇや……いやはやお律さん、涼太はほんとに働き者でね。今朝も六ツに起きて、六ツ半には中を出て――」

「勇一郎」

涼太が呼ぶと勇一郎は一旦口をつぐんだが、律はしっかり聞いてしまった。

つまり二人とも昨夜は吉原泊まりだったのである。

大店の跡取りともなれば、花街で遊ぶのも付き合いのうちだと律にも判っている。

判っているけれど――

「すいません、お律さん。女の人にはつまらない話でしたね。涼太は私が無理に誘ったのですよ。昨日はちょいと退屈しておりましてね……そうだ、目覚ましにこい屋の濃い茶はもってこいだ。お律さんもご一緒に一杯いかがですか？　こい屋の噂をご存じですか？　こい屋の茶を一杯、黙って念じて飲み干すと、好いた人に想いが通じる、という……」

「ええ、知っています。でも今日は先を急ぎますので」

こい屋で名物の柚子風味の茶饅頭を買い求めると、律は涼太たちに別れを告げた。

跡取りということは同じでも、涼太は勇一郎とは違う。

涼太は退屈しのぎに女を抱くような男ではないと信じているが、これもまた「判っていても、むしゃくしゃしてしまう」のである。

妻恋町から四半里以上北へ歩いて、千恵の家のある宮永町へ向かったが、むしゃくしゃは収まり切らなかったようだ。

「葉茶屋の跡取り息子さんと、何かあったのかしら？」

いたずらな笑みを浮かべて千恵が訊いた。

「いいえ、なんにも……」

むしろ己とは何もないからこそ、余計に気に障るのかもしれない。

言葉を濁して誤魔化しながら、律は持って来た着物の下描きを広げた。

「綺麗……しっとりと……静かで」

千恵は微笑んだが、すぐに少し目を伏せて言った。

「私はこんな風に見えるのかしら？　お律さんや……雪永さんには」

まるで本当の己は違うと言いたげだ。

「か、描き直して来ます」

「いいのよ、お律さん。何度も大変でしょう？　夫の許しが出て、雪永さんもよしとするなら、この着物をお願いします」

「いえ、雪永さんには、お千恵さんのお気に召すものを、と頼まれておりますから」

こうなれば意地である。

下描きを丸めて仕舞ったところへ、杵が少し早い昼餉を持って来た。

「いい大根が手に入ったので……こんなものですみません」

昼餉は大根尽くしであった。杵は恐縮したものの、旬の大根はもとより、煮物に入っている油揚げは絶品で、みぞれ汁には白菜と葱の他に鱈まで入っている。いつも握り飯などで済ませている律にはご馳走だった。

「これも美味しいですね」と、律が舌鼓を打ったのは大根と柚子の甘酢漬けだ。

「これは雪永さんもお好きなのよ。ね、お杵さん？」

十数年前に手込めにされて、池に身を投げたものの一命を取り留めた千恵だった。

今は随分よくなったというが、以来、千恵の記憶は混沌としたままで、物忘れもしょっちゅうらしい。さりげないようでいて、こうして杵に確かめる時の千恵はどこか不安げで、見ている律まで切なくなってしまう。

「ええ、これは大層お気に召していて、昨年も何度もお持ち帰りになりましたね。今日もご一緒だったらよかったんですがねぇ」

「それなら私がお持ちしましょうか？　あとで日本橋にも行こうと思っていたんです」

それは思いつきだったが、千恵の目が微かに輝いた。

「日本橋に？」

「ええ。気晴らしに呉服屋や小間物屋を覗いてみようかと。良い物を見て目を肥やすのも職人の仕事のうちですから……」

更に思いついて、律は訊いてみた。

「よかったら、お千恵さんもご一緒にいかがですか？」

一緒に呉服屋に行って、千恵がどんな反物に興を惹かれるのか見てみたい。そうして次の下描きへの手がかりが得られないかと律は期待した。

「私が、日本橋に……」

迷ったのも束の間、千恵は首を振った。

「今日は……後でその、用事が……」

明らかな嘘だが、無理強いはしないでくれ、と傍らの杵の目が言っている。

素直に引き下がることにして、律はにっこりとして頷いた。

「そうですか。ではまた、そのうちに」

「ええ、そのうちに……」

すがるような目をしている杵とは対照的に、ほっとした声で千恵が言った。

六

甘酢漬けを入れた小壺を持って、律は今度は一路、南へ歩いた。

池見屋には寄らずに、湯島天神（ゆしまてんじん）の東の坂下町を通り過ぎる。

神田明神の近くで勇一郎を——涼太たちの吉原泊まりを——思い出したが、余計なことは考えまいと頭を振って、足を速めて湯島横町から昌平橋を渡った。

長屋を出た時は少し晴れ間が見えたのに、九ツ半を過ぎた今、空に青色はない。

雲はうっすらとしていて雨や雪の気配はないものの、ぼんやりと定まらない様子は己の心そのもので、律は地面ばかりを見つめて神田を抜けた。

甘酢漬けは門前で預けて帰るつもりだったのだが、上がるように言われて女中について行くと、座敷には雪永の他に基二郎がいた。

「お久しぶりです、お律さん」

一緒に浅草の染物屋を訪ねて以来だから、一月と少し経っている。

「基二郎さんがいらしてたなんて……」

「気が早いが、夏の単衣を仕立てようと思ってね」と、雪永が応えた。「なかなか気に入った反物がないから、また基二郎に糸から頼もうと思っているんだ」

材木問屋の道楽三男だけあって贅沢なものである。

「それで今日は見本を少しお持ちしたんですよ」と、基二郎。

広げられた白い布の上に、十二束の糸が並べられている。どれも錆御納戸か藍鼠かという緑みのある濃い青色だが、ほんの少しずつ色合いが違う。

「染料は三つしか作ってないんですが、糸は四つ違うのを染めてあるんで」

律が訊く前に基二郎が言った。

上絵も反物の糸の材質や太さ、織り方で、同じ染料でも見栄えが変わってくる。雪永のような粋人のこだわりに応えるのは大変だろうに、基二郎は楽しそうだ。

「あちらは……？」

雪永の傍の黒い反物を指して律は訊いた。

「あれは前に頼まれたもので、少し早く出来上がったから今日一緒に持って来たんです」

「見てみるかい？」

雪永の厚意に甘えて、律は差し出された反物を手に取った。

墨色に見えた反物は近くで見ると紫鳶（むらさきとび）で、なんと疋田絞り（ひきたしぼ）まで施されている。絞り目は一分ほどで斜めに綺麗に揃っていた。

「これは――これも基二郎さんが？」

「ええ、と言いたいところですが、俺は縫い物はあまり得意じゃないんで、絞りだけ別の職人にお願いしました。絞ったままで二度染めてから、絞りを解いてもう一度」

「いい出来だろう？　お律さん？」

基二郎の横から雪永が訊いた。

「……とても」

一瞬遅れたのは、それだけ驚いていたからだ。

「思っていたよりずっといい仕上がりだ。早く仕立てて、どこかでお披露目したいもんだよ。ああ、その前に池見屋の女将さんに自慢してやるつもりだがね」

「ほんとは絞りも自分でやりたかったんですが、まだ慣れなくて、いつまでも終わりそうにないから此度は仕方なく……」と、基二郎が苦笑する。

「店の仕事もしながらだからね。絞りにまで手を出すことはないだろう」

「でも絞りも糸を使う仕事ですから、学んでおけば無駄にはなりません。京でも少し習ったんですが、絞り目を揃えるのは難しくて……何度も解いて叱られたもんです」

「そりゃきっと、お前のこだわりが過ぎたんだろうよ」

「いえ、そんなことはけして」

基二郎は謙遜したが、きっと雪永の言う通りだろうと律は思った。

反物は池見屋の類でも驚くだろう出来だし、基二郎の腕が確かなのは既に承知だ。粋人として名を馳せている雪永にここまで気に入ってもらえるとは、職人冥利に尽きるだろう。

それに比べて私は……

焦りを覚えた律に、追い打ちをかけるように雪永が訊いた。

「それで、お千恵の方はどうだったんだい？　下描きを私にも見せておくれ」

「はあ……それが……」

躊躇いながら丸めて持って来た下描きを広げると、雪永と基二郎が小さくも揃って目を見張った。

「庭に佇むお千恵が見えるようだよ。今までの中で一番いいと私は思うんだが、その様子からして、お千恵は気に入らなかったのかね？」

「それが、そのぅ……」

千恵との話を伝えると、雪永は微苦笑を浮かべた。

「私がよしとするなら——か」

「どういたしましょう？」

「どういたすも何も、お律さんは描き直したいんだろう？」

「はい」

迷わず頷いてから、律は慌てて付け足した。

「でも下描きのお代はいりません。相談料も」

描き直しは己の職人としての意地であり、けして金が目当てではない。

「相談料？」

怪訝な顔をした基二郎へ、雪永が手短に——千恵の詳しい事情は省いて——説明した。

なかなか客の満足のいく下描きが描けないことや、同情した雪永から「下描き代」と「相談料」をもらう手筈になっていたことが、他人——それも基二郎に知られたのが恥ずかしい。

もっと恥ずかしいのは、それらを「実入りになる」とありがたがっていた己自身だ。

「しかし、手間賃がないとお律さんが困るだろう？」

「それは……私にも貯えがありますから」

貯えは少ないが嘘ではないから、律は精一杯見栄を張った。

「だがこの分じゃ、いつまでたっても――」

「そりゃあんまりですよ、雪永さん」

遮ったのは基二郎だ。

「その……お律さんのことだから、そう遠くないうちに、お千恵さんて方にぴったりの絵を描き上げてくれますよ」

「いやいや、お律さんの腕を疑っているのではないのだよ。ただ、この下描きだって申し分ないじゃないか。だからせめて下描き代くらいは受け取ってもらわないと」

「お気持ちは嬉しいのですが……やっぱりいただけません」

「しかし――」

「しかしもかかしもありませんよ、雪永さん」と、基二郎が微笑んだ。

「そうは言ってもだね、基二郎」

「職人には職人の意地がありやす。どうしてもと仰るなら、着物の仕上り次第で心付けを弾んで差し上げたらよいかと……それでどうでしょう、お律さん？」

「ええ、まあ、それなら……」

胸中を代弁してもらえたのは嬉しいが、素直に喜べないのは既に認められている基二郎の言葉だからだろうか？

律とは裏腹に、雪永は笑顔で頷いた。

「そうか、それならそうすることにしよう。——おっと、となると、まずはお前にたっぷり心付けを弾むとするよ」

「いえ」と、基二郎は慌てた。「俺はいいんで——」

「何を今更。これほどの反物は下りものにもあるまいよ。ああ、お前が江戸に帰って来てくれて本当によかった。いつまでも上方ばかりもてはやされるんじゃ、悔しいからねぇ……」

雪永の賞賛はもっともで、同じ江戸の職人として基二郎は誇らしいが、目の前の糸や反物を見れば見るほど、己の力不足をひしひしと感じて気持ちは沈んだ。

基二郎と共に律は八ツ過ぎに雪永に暇を告げた。

「俺は帰って仕事に戻りやすが……お律さんもお帰りですか？　よかったら、その、途中まででご一緒に……」

「いえ、あのぅ……」

仕事や染料の話を聞きたいと思う反面、己が抱いている基二郎への嫉妬や焦りを知られはしないかと悩ましい。

また、道中とはいえ基二郎と二人きりなのは涼太に悪い気がするのだが、涼太が「付き合い」で吉原に行くのに比べれば、律と基二郎の職人の「付き合い」くらい他愛ないことではなかろうか。

何もやましいことはないのだから——

だが、口をついて出たのは断りだった。

「今日は、その、香ちゃ——お香さんにこれから会いに」

「ああ、そうでしたか。じゃあ……また」

「ええ、また……」

それとない会釈を交わして、律は銀座町へ足を向けた。

七

香に会いに行くと言ったのは口から出まかせだったのだが、悪くない案だった。

香とは半月前に会ったきりである。ここしばらくの鬱々とした想いを、香とのおしゃべりで吹き飛ばしたい。

伏野屋は銀座町の三拾間堀にあり、佐内町の雪永宅からは半里弱の道のりだ。律は広小路をまっすぐ南に進み、途中、菓子屋・桐山で手土産を買ってから伏野屋を訪ねた。

「りっちゃん！」

声を聞きつけたのか、座敷から飛び出して来て香が迎えた。

「香ちゃん、元気そうで何よりだわ。日本橋まで来たからちょっと足を伸ばして――」

「いいからいいから。さあ入って。座って。ああ今、片付けるから……」

縫いかけの着物をささっと隅へ押しやって、香は律を火鉢の横に座らせた。

香は時折尚介の着物を仕立てているが、縫いかけのものは女物で香の好みとは言い難い。

――お峰さんへの贈り物かしら……？

「香、お律さんに桐山のお菓子をもらったよ」

「まあ、りっちゃん、気を遣わなくてよかったのに」

「ううん、その、干菓子を少しだけだから……」

今日は仕事――似面絵――で訪ねたのではない。香は手土産がなくとも気にしないだろうが、香は律の親友だ。手ぶらで訪ねて香に恥をかかせたくなかった。

「ううん、ほんとによかったのよ。だって今日は……」

ふふふふ、と、忍び笑いを漏らした香の横から尚介が言った。

「今日は、母が朝から夕刻まで牛込の伯母のところへ出かけていて留守なのです。ですから、お律さんもどうぞごゆっくり」

「そういうことなのよ」

茶を淹れながら香がいたずらな笑みを浮かべる。

「昨日はお兄ちゃん、今日はりっちゃん――」

「涼太さんもここへ？」

「そうよ。さあ、今日こそは洗いざらい話してもらうから」

香にうながされるまま、律は涼太に求婚されたことを話した。

ただし、流石に接吻のことまでは言えなかった。

「ね、だから言ったでしょう？　お兄ちゃんが好きなのはりっちゃんだけだって」

香は手を叩いて喜んだが、すぐに声をひそめて問うた。

「でもりっちゃんは何か心配ごとがあるんでしょう？　お兄ちゃんが言ってたわ」

「涼太さんが？」

「ええ、何やら浮かない顔をしてるって。ねぇ、もしかして――綾乃さんに何か言われたんじゃあないの？」

香の勘の良さに律は舌を巻かずにいられない。香は先日の勢と将太の悶着については、既に涼太から聞いていて、律が綾乃と一緒に将太を尾行したことも知っていた。

「言われたけど……私に言ったことじゃないのよ」

働きぶりが思わしくない、夫に甘えてばかり、大店に嫁いだという自覚がない――などと綾乃の義姉に対する愚痴を話すと、香は徐々に顔を曇らせていき、最後に溜息をついた。

「嫁としての覚悟が足りない……か」

「そのあと、お千恵さんにも言われたの。夫婦になると楽しいばかりじゃない、覚悟が生半なうちに一緒になると大変だって」

「覚悟が生半なうちに……」

うなだれて香はつぶやいた。

「……まるで私のことみたい」

「えっ？」

てっきり己のことを憂えているのだと思っていたから、律はびっくりして言った。

「そんな、だって香ちゃんは――」

「覚悟も何も……私は尚介さんが好きだからお嫁に来たんだもの」

じわりと潤んだ目尻へ、香は急いで手ぬぐいをやった。

「香ちゃん……」

思い詰めた顔の香に律がうろたえると、香の目はますます潤む。

「家のことは女中に、店のことは奉公人に……私の出る幕なんてありゃしないわ……どうせ私は神田生まれの、生意気で、口の減らない、縫い物しか取り柄のない嫁よ！」

溢（あふ）れる涙を止めきれず、香は手ぬぐいで顔を覆う。

「香ちゃん……」

尚介の一目惚れに始まった縁談だったが、ほどなくして、香も尚介に惹かれていったのを律は間近で見ていたから知っている。律たちより七つ年上の尚介は思いやり深く、泰然としていて、少しばかり勝気でおきゃんな香にはぴったりだと、律も今井も喜んだものだ。

良縁だと、祝言では伏野屋も大喜びだった筈なのに――

峰との不仲が始まったのは、香が嫁いで一年を過ぎた頃からだ。

嫁と姑の多くは相容れないらしいが、峰が香を邪険にする大きな理由は、未だ子宝に恵まれないからだろう。

「お峰さんの言うことなんか、聞き流しておけばいいわ。そりゃあ伏野屋の方が青陽堂より大きなお店だけど、日本橋からわざわざ青陽堂に来るお客さんだってたくさんいるそうじゃないの。それに香ちゃんは『相生小町』と呼ばれた別嬪さんだし、尚介さんは変わらず香ちゃんにべた惚れじゃない」

「……でも――でももう三年だわ。もう……三年になる……!」

絞り出すように言って、香は突っ伏した。

しゃくり上げるのを懸命にこらえて、背中を震わせている。

幼い頃からはきはきしていて、泣く時もところ構わず泣きじゃくっていた香だった。こんな風に声を押し殺して涙する香を見るのは初めてで、律はその背に触れるのを躊躇った。

香が伏野屋に嫁いでもうすぐ三年になる。

三年経っても子供ができぬとなると「石女」の烙印を押され、跡継ぎを重んじる武家や大店では離縁を言い出されてもおかしくない。なかなか懐妊しない悩みを折々に律は聞いていたが、香がここまで追い詰められていたとは気付かなかった。

そっと背中をさすると、香は新たな嗚咽を漏らした。

なんと声をかけたものかしばし律が悩んでいると、襖戸の向こうから、すっ、すっと大股の足音が近付くのが聞こえてきた。

香は慌てて身体を起こしたが、顔は手ぬぐいで隠したままだ。

「香?」と、襖の向こうから尚介が呼んだ。

「なんでもありません」

「しかし何やら様子おかしいと丁稚が……二人とも喧嘩でも?」

「喧嘩なんかしてません」

戸惑う尚介が気の毒になって、律は立って襖を開けた。

「私たちは喧嘩などいたしておりません。ただ、その……」

背を向けた香を見て、察するものがあったらしい。

「それならいいんだ」

律にはそれだけ言って、尚介は香の背中へ穏やかな声をかけた。

「香、これは一案なんだがね。今日はお律さんに泊まってもらったらどうだろう?」

「りっちゃんに……？」

「ああ。——どうかね、お律さん？　二人ともしばらく会っていなかったから、積もる話があるんじゃないか？　母には私からしっかり伝えておくから、二人の邪魔はさせないよ」

「りっちゃん……？」

手ぬぐいの上からちらりと赤い目を見せて窺う香へ、律は大きく頷いてみせた。

「では遠慮なく。お気遣いありがとうございます」

「よかった。そうと決まったら女中に——」

「夕餉をもう一人前用意するよう、言ってくるわ。ちょっと待っててね、りっちゃん」

そそくさと律と尚介の横をすり抜けて、香は奥へ消えて行った。

夕餉云々は言い訳で、顔を洗いに行ったと思われる。

香の足音が遠ざかってから尚介が訊いた。

「……泣いてたのは母のせいかい？　また着物のことで何か？」

「着物のことというのは？」

「先日、母と姉が一緒に反物を十本ばかり買って来てね。年越しまでに着物に仕立てろ、と香に……二人には仕立屋に持って行くように言ったんだが、私の知らぬところで何やら一悶着あったようで……だが訊いても、香は自ら申し出たと言って譲らないんだ」

——あれは「贈り物」ではなくて「嫁いびり」だったのか。

縫いかけの着物をちらりと見やってから律は言った。

「着物のことは知りませんが、引き受けたのはきっと香ちゃんの意地なんです。でも……泣いてたのは、その、もう三年になるからと……」

それだけで尚介には通じたようだ。

はっとまなじりを下げて悲しげな顔をしたが、すぐに律を見つめて小声で言った。

「離縁する気はないよ。香は私の……その……恋女房だからね」

照れ臭げに微笑んで盆のくぼに手をやった尚介を見て、律はひとまず安堵した。

宮永町の千恵の家に始まって、日本橋の雪永宅、それから銀座町の伏野屋と、思わぬ長い一日になった。

幼馴染みで親友でも、香は表店、律は裏長屋の娘である。どこか見えない境があって、湯屋はともかく夕餉を共にすることさえ滅多になかったし、泊まりは今まで一度もなかった。

香と湯屋に行くのも三年ぶりである。だが「寒い、寒い」と口々に言いながらも、湯桶を手に小走りに行く道中さえ、二人一緒だと笑みが絶えない。

夕刻に牛込から戻って来た峰は顔をしかめたが、尚介から尚介自身が申し出たことと、峰の夫で既に隠居している幸左衛門も承知の上だと聞いて、渋々といった態で律を迎えた。

姑と舅が一緒の夕餉は緊張したものの、泣いて少しはすっきりしたのか香はいつもの調子を取り戻していた。話はもっぱら店のことで尚介と幸左衛門の間でなされ、合間に峰が牛込でのことを語り、香と律はにこやかに相槌を打った。

夕餉の後は尚介の許しを得て早々に客間に引き取り、布団を並べて、夜半まで香とのおしゃべりを楽しんだ。

しかし、涼太との仲や仕事の不安は律は語らなかった。

香も同じく、子供のこと、姑の嫌みやいびりは口にしなかった。

律が話せば香は耳を傾けてくれ、心からの励ましをくれるだろう。香から話があれば律も同様に心からの励ましを送るだろう。

そう判っているから――今はそれだけで充分だと思った。

愚痴る代わりに、楽しい話をたくさん交わした。

数々の想い出話に始まり、気の利いた講談や役者の噂話など、他愛ないことでも香と話しているだけで、鬱念(うつねん)が解けていくように感じた。

ひそひそと笑い合っているうちに四ツの鐘がなった。

やがて健やかな寝息が聞こえてきて、律もいつしか眠りに落ちた。

八

翌日。

朝餉を済ませたのち、「尚介に頼まれて」買い物に出た香と一刻ほど日本橋を歩いてから、昼過ぎ——八ツ近くになって律は相生町へ戻った。

木戸を抜けて今井の家の前を取り過ぎると、声がかかった。

「お律、今帰りかい?」

「ええ」

「ちょっと寄っておいで」

今井に言われて引き戸を開き、挨拶してから律は言った。

「昨夜は香ちゃんちに泊めてもらったんです」

「伏野屋に? てっきりお千恵さんのところに泊まったのだと思っていたよ」

「はあ……その、いろいろありまして——」

「そうらしいな」と、今井がにやりとした。「昨夜、六ツを過ぎて涼太が、茶を届けに来てくれてね」

「六ツ過ぎに?」

青陽堂が今井に贈る茶葉は、いつも涼太が八ツの茶のついでに持って来る。わざわざ六ツを過ぎて来たのは己の様子を窺うためではないかと思うと、じわりと胸が熱くなった。

「そうなんだ。お律が戻っていないと知って大層心配していたよ。お千恵さんのところへ行くと聞いていたから、そのまま泊まったんじゃないかと言ったんだが……しかしお律が泊まりで出かけることなぞまずないからね。今朝も様子を見に来たし、そろそろまた——」

今井が言う矢先から、涼太の足音が聞こえてきた。

「お律」

「あら、涼太さん、今日は早いんですね」

にっこり笑って言ってみる。

「早いって——じきに八ツにならぁな。それよりお律、昨夜は……」

「昨夜は伏野屋に泊めていただきました」

「香のところに？　お前はあの後、お千恵さんのところへ行ったんじゃあ……？」

「お千恵さんの家に行った後、頼まれものをして日本橋の雪永さんのところへ伺ったんです。ちょうど井口屋の基二郎さんが糸と反物を持っていらしてて——」

「基二郎——さんが？」

「ええ。近頃は糸だけじゃなくて反物も染めていて、雪永さんは基二郎さんを贔屓になさってるんです。それで……」

「それで？」

「それで、せっかく日本橋まで出たから、ついでに香ちゃんの顔を見て行こうと伏野屋に寄ったら引き止められて」

「香のやつ……それならそうで遣いでも寄越しゃあいいものを」

「どうしてですか？」と、律はとぼけた。「慶太郎がいるならまだしも、逐一長屋に遣いを送ることもないでしょう？」

「しかし――」

「涼太さんも急にお仲間とお出かけになって……泊りになることもあるでしょう？　私だって子供じゃありませんし、慶太郎も奉公に出てなんの心配もいりませんから、どこに出かけようが、泊まろうが、好きにできます」

涼太の吉原行きを思い出してちくりと言うと、涼太は困った目を今井に向けた。

「そりゃあ……でも男と女じゃ違いやすや、ねぇ、先生？」

「そんなの、男の人ばかりなんだかずるいわ、ねぇ、先生？」

律たちが口々に言うと、今井は笑い出した。

「これ二人共、私を巻き込むのはやめとくれ。そういう話は私の留守に、二人でゆっくりしとくれよ」

やっぱり先生はお見通し――

急に恥ずかしくなって律がうつむいたところへ、今度は定廻りの広瀬保次郎の声が聞こえてきた。

「お律はおるか。広瀬だが」

厳（いか）めしい言い方で、同行者がいるのだと知れた。

「広瀬さま、こちらです」

さっと立って表を覗くと、保次郎と、その友人で火盗改の同心の小倉祐介、さらに見知らぬ男が連なってやって来る。

「涼太もいたとはちょうどよかった。茶を一杯振る舞ってくれぬか？　お律は似面絵の用意を頼む」

「かしこまりました」

涼太と声を重ねて頷くと、律は筆を取りに家に戻った。

九尺二間の今井の家より二間三間の律の家の方が広いのだが、今井の家なら既に火鉢に火が入っているし、茶器も茶葉も律のところより良いものだ。

律が戻ると保次郎は畳の上に上がり込んでいたが、小倉と男は遠慮したのか上がりかまちに腰かけていた。

「この男は――仮に太郎といたそうか。お律、この者の言う通りに似面絵を描いてくれ」

秘密めいた言い方だが、何やら事情があるのだろうと、律はただ頷いた。

「下描きをいたしますので、まずは大体のお顔を教えてくださいませ」

「やや面長で……鼻が高い。年は二十七だったか、八だったか。耳の大きさはこれくらいで、目は俺よりちょいと大きく……」

手振りを交えて太郎が述べる。

「髷はありきたりの銀杏髷。髭は綺麗に剃ってあって、役者にはほど遠いが仲間内ではまずまずの色男さ――ああ、眉はもうちっと太ぇんだ」

仲間内――ということは、この人は一体何者……？

律が内心いぶかっていると、茶を配り終えた涼太が申し出た。

「……広瀬さま。私はおそらくこの男を見たことがあります」

「まことに？」と、小倉が身を乗り出した。

「一体どこで見たんだい――見たのだ、涼太？」

驚いて保次郎も訊き返す。

「浅草御門です。おとといの――七ツ半頃でした。女と待ち合わせていたようで……」

ちらりと律を見やって涼太は続けた。

「女は、おせんという者です。こちらはその更に二日前に、巽屋って旅籠で見かけた女で間違いありません」

「巽屋で女を？」

「お前、何故おせんの名を？」

目を見張って小倉と太郎が同時に問うた。

驚いたのは律も同じだ。

「おせんさんが、この人と……？」

小倉たちの様子からして、似面絵の男は火付けか盗人に違いない。

まずは律が慶太郎に頼まれてせんの姉の似面絵を描いたこと、続いて涼太が巽屋で慶太郎とせんを見かけたことを話すと、保次郎が小倉を見やった。

「小倉、二人がおせんを見知っているのなら、話してもいいのではないか？」

保次郎が言うのへ小倉も頷き、不安な目をした太郎へ言った。

「この三人は広瀬さまの御用聞き――のような者たちだ。お前のこともけして他言はしないから案ずるな。皆、よいな？」

最後の一言に律たちが頷くと、小倉は声を潜めて事件を語った。

一昨日――まさに涼太がせんと男を見かけた日の夜に、巽屋に盗賊が押し込んだ。

金蔵の金は根こそぎ持っていかれ、男客の一人が匕首で切りつけられて怪我を負った。

太郎は一味の一人だったが、似面絵の男――三蔵という名の一味の頭――に嫌気がさして、密告者となる決意をしたという。

「いただくのは金だけ。貧乏人からは盗らねぇ。女は犯さねぇ。殺しはしねぇ。穀潰しの俺でもそれだけは守ってやってきた。だが此度三蔵は、おせんがちょいと気に入ったからって、客の帯留を盗って来いと仲間の一人に命じたんだ。部屋に忍び込んだところを夫の方に気付かれて……切られた男が言ってたのを俺は聞いたんだ。『それは女房の母親の形見だから、どうか返してくれ』ってな」

せんは巽屋で一休みしている間に、客の女がしていた帯留に目を付けた。のちに判ったことだが、客は休みなく小商いを営んできた夫婦で、ようやく息子夫婦に店を任せ、互いを労うために一生に一度の贅沢と宿に泊まり、浅草界隈を楽しんでいた最中だった。

「その帯留だって大したもんじゃなかったんだ……なのに、おせんのやつが」

せんが三蔵の女になって二年になるという。それまでは年に一、二度商家を狙って盗みを働いていたのだが、三蔵は半年ほど前からせんにあちこちの旅籠を探らせていて、此度の犯行に至った。

「悪いがあんたの弟は、おせんにとっちゃあ旅籠を探るための道具に過ぎなかったのさ。姉貴を探してるってぇのも方便さね。子供が一緒の方が怪しまれねぇし、あいつの姉貴は、あいつが七つの時に女衒に売られてそれきりだと言っていた。あんたの弟と初めに出会ったのは偶然だが、巽屋で一緒だったのはそうじゃねぇ。あんたの弟が、明日は巽屋に届け物に行くと漏らしたから、それなら一緒に行って、少し口を利いてくれないか頼んだそうだ」

慶太郎はおそらく、一も二もなく喜んで引き受けたことだろう。

「具合が悪くなったってのも芝居だ。厠を借りるだけでいいと思っていたそうだが、あんたの弟の口利きで休ませてもらえることになったから、ゆっくり店の中を調べることができたと……」

そのような腹黒い女にはまったく見えなかった。

いなくなった姉を案じて、毎日足を棒にして探し歩いているのだと、慶太郎と二人して信じて疑わなかったのだ。

太郎の密告を受け、火盗改は昨夜、一味が隠れ家にしていたという船宿に向かった。しかし捕えたのは総勢八人の一味の内、太郎を含む六人で、三蔵とせんは逃してしまった。

「二人は舟で逃げてしまってな……金もあらかた二人に持ち出されたままなのだ。金を持って逃げるのは難儀だから、一旦隠して、ほとぼりが冷めるのをどこかで待つのではないかとみているのだが……他の同心は今、太郎の心当たりの場所を当たっているところなのだ」

何かの手がかりにならぬかと、律はおずおずと口を開いた。

「……あの、おせんさんは、私と慶太郎には、小伝馬町の長屋に住んでいると言っていました。同郷の人のところへ身を寄せていると――」

「小伝馬町？」と、太郎が訊き返した。

眉をひそめたところをみると、太郎の見知った場所ではないようだ。

己と涼太、更に太郎の記憶を照らし合わせて、せんの似面絵も十枚描いた。

三蔵の似面絵と合わせて二十枚を手にして、小倉は保次郎と太郎をうながした。

太郎は表の小者に任せ、小倉と保次郎は一石屋に向かうという。

「慶太郎にも話を聞きたいのでな」

「慶太に……」

せんが盗賊の一味だったと――自分は利用されていただけだと知ったら、慶太郎はさぞ傷つくだろう。

律の胸はきりきり痛んだが、お上の御用である以上、止めようがなかった。

九

三蔵とせんはその日のうちに、小伝馬町の長屋で捕まった。

二人が捕まった三日後の夕刻、筆子の親から煮物をもらったという今井と夕餉を共にしていたところへ、慶太郎が菓子の包みを持ってやって来た。

「……おかみさんの言い付けで、此度の騒ぎのお詫びに上がりました」

「それはそれはご丁寧に」

「早く戸を閉めて上がんなさい。寒いじゃないの」

今井は微笑しながら、律は嬉しいのを隠しながらそれぞれ言った。

戸を閉めると、慶太郎は改めて勢いよく頭を下げる。

「姉ちゃん、ごめん」

「慶太郎……」

「おれが余計なこと言って――姉ちゃんにも悪事の片棒担がせるようなことを……」

「いいのよ。慶太郎はちっとも悪くないんだから」

「でもおれが騙されたばっかりに……」

「騙されたのは姉ちゃんも同じよ。悪いのはあの人よ。でも慶太郎はお手柄だったじゃないの。広瀬さんから聞いたわ」

小伝馬町、と先に口にしたのは律だったが、数ある長屋の一つが早くに割れたのは慶太郎がせんの言葉を覚えていたからだ。

「……姉ちゃんちを出た後、和泉橋までおせんさんを送ったんだ」

道々歩きながら巽屋に届け物に行くことなどを話したのだが、その際せんが言ったのだ。

――お姉さんは本当に絵が上手ね。あの描きかけの絵は侘助ね。椿といえば赤だけど、白い椿もいいものよ。長屋の大家さんが椿が好きで、井戸端に植わっているのは蝶千鳥というらしいわ。咲くのはまだ先のことだけど、蝶のようにひらひらとした白い花なのよ――

慶太郎から話を聞いたのち、小倉は三蔵とせんの似面絵を持って頭の役宅へ一旦戻り、だがすぐに与力と共に小伝馬町へ向かった。大家は小伝馬町では知られた椿愛好家だったらしく、井戸端に蝶千鳥の植わった長屋はすぐに見つかった。大家を呼び出して似面絵で確かめ、その足で踏みこんで二人をお縄にした。

長屋を借りていたのは三蔵で、仲間にも秘密にしていた隠れ家だったそうだ。長屋では二人は内縁の仲で、三蔵は小間物の行商を生業にしていることになっていた。留守が多いのは仕入れにでかけているからだ――とも嘘をついていた。

「おれが明日は巽屋へお饅頭を届けに行くと言ったら、一緒に行ってもいいかって。自分一人だと取り合ってもらえないかもしれないけど、顔見知りのおれが一緒なら邪険にされずに済むかもしれないって……だから、おれ……おれで役に立てるならって……」

慶太郎の好意と親切心につけ込んだせんに、律は腹が立って仕方ない。

「巽屋の仲居さんにお菓子を渡すついでに、おせんさんのことを話して……おせんさんは姉ちゃんに描いてもらった似面絵を見せたんだ。仲居さんが親切に他の仲居さんや番頭さんにも訊いてくれて……」

帰り際、せんは具合が悪くなった振りをして店先でしゃがみ込み、案じた慶太郎と番頭の手配で巽屋で一休みしていくことになった。

「仲居さんも番頭さんも、みんな心配してくれたのに――騙してたなんてひどいよ。お姉さんを探してるってのも嘘だったんだ！」

悔しげに膝に置いた両手を握りしめて、慶太郎は顔を歪ませた。

「おれ……判らなかった。見抜けなかった。江戸で一人で、いなくなったお姉さんを探してるっていうから気の毒だと思ったんだ……嘘ついてるようにはちっとも見えなかったのに全部嘘だったなんて……なんだかもう、誰も信じられない……」

律も同じ思いだった。

せんのような若く見目良い女が平気で嘘をつく。

心にもないことを言って同情を誘い、人の良心を利用する——

怖いと思った。

あれがお芝居だったなんて……

次は騙されないようにしなければ——

「それで慶太郎は、次はどうするのかね？」

己が問われた気になって、律は今井を見つめた。

「誰かが困っていても、これからはもう見て見ぬ振りをするのかい？」

「それは……」と、慶太郎は迷いを見せた。

「残念ながらいつの世にも悪人はいる。だが世の中、悪人ばかりではないよ。本当に困っている人なら助けたいと思わないか。本当に困っている時に助けられたら嬉しくないか？」

「そうだけど——でも、騙されるのは悔しいし……」

「そりゃ誰だって悔しいさ。今後騙されぬためには、もっと人を見る目を養うことだ。そのためにも、外回りはよい修業だよ、慶太郎。たくさんの人に会うことで、人を見る目が養われるからね。届け物をしていると注文を受けることもあるだろう。いくら儲けになるからって、無闇に飛びついてはいけないよ。人をちゃあんと見極めてから——といっても今は難しいだろうが、みなそうやって一人前になっていくんだ」

「おれ……一人前になれるかなぁ？　だって吾郎さんは言ってたよ。『俺なんか、これまで何度女に騙されたか数え切れねぇ。これからまた騙されねぇとも言い切れねぇ』って。あの吾郎さんでさえそうなんだから――」

眉をひそめて慶太郎が吾郎の口調を真似るものだから、「あはは」と今井が笑い出した。

「そうか――慶太郎は吾郎さんの轍は踏まずに済むとよいな。あははははは」

「笑いごとじゃありません、先生」

慶太郎に男女のことはまだ早過ぎるし、先のこととはいえ、せんのような女に引っかかってはたまらないと、律は頬を膨らませた。

「まあそうむくれるな、お律。大人になっても騙されることはあるさ。現にお律もおせんの人柄を見抜けなかったんだろう？」

「それは……私が未熟で……」

「お律だけじゃないさ。巽屋の者たちもみな騙された。一石屋だって、おせんに同情したから、お前に似面絵を頼みに慶太郎を寄越したんだからね……それくらい口も芝居も達者な女なら、私だってきっと騙されたに違いないよ。だがね、慶太郎」

慶太郎に向き直って今井は言った。

「だが、悪人なんてほんの一握りしかいないんだ。ちょいと周りを見回してごらん。お前のおっかさん、おとっつぁん、お律、長屋のみんな、青陽堂の涼太、お香、女将さん、旦那さん、指南所のみんなとその家族、一石屋の旦那さん、おかみさん、吾郎さん――ほら、悪いやつなんてそういないだろう？」

「……うん」

「これからまた時々――極々たまには嫌な思いをするかもしれないね。先だっての裕二のような者もいれば、おせんのような者もいるからね……ただ、この世には悪人よりも善人の方がずっとずっと多いんだ。それは忘れずにいておくれ」

「はい、先生」

ようやく笑みを見せて応えた慶太郎の横で、律も神妙に頷いた。

居職なこともあって、律もまだまだ世間知らずなところがある。

……先生の言う通りだ。

両親を殺した辻斬りに加え、町奉行所の似面絵を描くようになってから悪人の話が身近になったが、これまで律が出会い、触れ合ってきた人々は圧倒的に善人が多かった。

「慶太郎。また誰かが誰かを探していたら――似面絵が役立つと慶太が思ったら――いつでもいいから訪ねて来るのよ。ううん、似面絵だけじゃない。姉ちゃんにできることなら、何だって力になるから……」

律が言うと慶太郎は頷いてから、懐紙に包んだものを取り出した。

「そうだ――これ。こないだの似面絵代」

「いいのよ、そんなの……それにこのお金はどうしたの？」

「次は藪入りまで帰れないから、年越し前につけを返しとこうと思って、吾郎さんから借りたんだ。吾郎さんにはお遣いをして返す約束だから平気だよ」

「でも――」

「いいんだ。おれが払うって言ったじゃないか。それに、お姉さんのことは嘘でもあの似面絵はいい出来だったし、姉ちゃんの椿の絵が上手だったから、おせんさんも長屋の椿のことをおれに話したんだ。だから二人を捕まえることができたのは、ほんとは姉ちゃんのお手柄なんだよ」

「もう……ほんとにいいのに……」

潤みそうになる目に困って、律はそれだけ言うのが精一杯だった。

十

慶太郎が訪ねて来た二日後、律は朝のうちに下描きを一枚描いて、昼過ぎに長屋を出て千恵の家に向かった。

此度の下描きは胡桃（くるみ）色を地色に、赤い侘助と白い蝶千鳥の両方を描いたものである。せんたちの隠れ家の話を聞いたのちに、蝶千鳥もよいとひらめいた。

じ花に浮世離れしたはかなさを感じていた。

　ひらひらと、と言ったせんは蝶千鳥に自由気ままな様を見ていたかもしれないが、律は同じ花に浮世離れしたはかなさを感じていた。

　紅白でも地色と赤を抑えることで、小粋で味のある着物になる筈——

　もともと千恵が、雪を抱く椿の絵を気に入ってくれたこともある。

　腕試しの絵の地色は蒸栗色だったが、着物の方は暗めの胡桃色にしてみた。雪が花になった分、女らしさや物柔らかさ——また、白い花に千恵の清廉さを託して描きたいと考えた。

　ここ数日、寒さは落ち着いているものの晴れ間が見えない。

　律の来訪を千恵も杵も喜んでくれたが、下描きを見た千恵ははっとして顔を曇らせた。

「……お気に召さなかったようですね」

「ごめんなさい。綺麗だけど、なんだか悲しくなってしまって……」

　律はどちらの花も千恵に見立てたつもりだったが、千恵はもしかしたら蝶千鳥を村松周之助、侘助を己に見立てて、会えぬ「夫」を恋しく想ったのだろうか。

「いいんです。また違うのを描いて持って来ますから」

「あの……けして意地悪をしているのではないのよ。お律さんに来てもらえるのは嬉しいけど、その、私はただ、雪永さんに悪くて……」

「ご心配なく」

　がっかりしてはいたが、千恵の気持ちも判るから律は微笑んだ。

「承知しております。せっかく一から仕立てるのだから、私も良いもの——お千恵さんに喜んでもらえる着物に仕上げたく存じます。雪永さんの厚意を無駄にしないように……」

「そう、そうなんです。私も雪永さんの厚意を無駄にしたくないのよ……雪永さんには、幼い頃からずっとよくしてもらっているから……」

お千恵さんは、一体どこまで知っている——判っている——のかしら……？

周之助と夫婦だと信じている千恵である。

屋敷は雪永のものだし、食べ物から身の回りのもの、杵への給金などは類と雪永が出し合っていると聞いている。実際の周之助の禄高がいかほどか律は知らないが、小さくとも江戸で別宅を構えるには相当の財力が必要だ。類から「世間知らず」「浮世離れ」と言われている千恵だが、無知や愚鈍からはほど遠い。こうして雪永に恩義を感じているあたり、薄々事情を察しているのではないかと律は思うのだが、金が絡むことを問うほど下衆ではない。

代わりといってはなんだが、下描きを丸めた律は、世間話にせんのことを持ち出した。

せんの似面絵を描いたくだりから、三蔵とせんが小伝馬町の長屋で捕まった顚末を、口止めされている太郎のことだけ省いて話した。

仲間を売った太郎は、これから火盗改の密偵として小倉のもとで働くそうである。

——どうせ先の短けぇ命だからよ——

去り際に太郎はそう言って苦笑した。

密告したのは三蔵と仲間のやり方に嫌気がさしたのが主な理由だが、太郎は両親、弟の三人を早くに卒中や病で亡くしており、己も早死にすると思い込んでいる節がある。

また、これは太郎は言わなかったが、おそらく太郎は、多少なりともせんに惚れていたのではないかと律たちは推察していた。可愛さ余って憎さ百倍——というほどではないにしても、太郎はせんが帯留をねだったことを「裏切り」ととらえていたようだ。

「その女の人は、弟さん——慶太郎さんのお律さんを想う気持ちを利用したのね。ひどい人だわ。人の気持ちを利用して、つけ込んで、騙して……」

静かだが、声を震わせ、憤りを露わにする千恵を見て、律はふと思った。

お千恵さんも同じ目に遭ったのかもしれない。

村松さまを想う気持ちを利用され、つけ込まれ、騙された挙句に手込めに……

でも——

「……おせんさんのことは、私も許し難いです。いくら好いた男の人の役に立ちたいからって、人を——慶太郎みたいな子供まで——利用するなんて。でも似面絵のことは……」

「似面絵のこと？」

「おせんさんにお姉さんがいたことだけは嘘じゃなかったんです。ただお姉さんはおせんさんが七つの時に女衒に売られてそれきりだった、と。……おせんさん、火盗改に捕まった時にまだ、私が描いた似面絵を持っていたそうなんです」

捕り物ののちに、礼を言いに現れた小倉から聞いた話である。

「盗んだ金品は火盗改が取り上げたんですけど、似面絵は持っていてもいいかと願い出たそうで……だから、お姉さんを慕う気持ちはどこかにあったと思うんです。人がいいかもしれないけれど、そう思うんです……」

首領で若い時からもう十年も盗みを働いてきたという三蔵は獄門になるらしいが、直に盗みをしていないせんは遠島で済みそうとのことである。

「そうかもしれない……でも、やっぱり悪い人よ」

「ええ」

頷いたものの、律は続けた。

「ただこれは先生――私の隣りに住んでいる指南所のお師匠さんの受け売りなんですが、世間の人の多くは善人で悪人はごく一握り。根っからの悪人は更にずっと少ないと。おせんさんだって、お姉さんが一緒にいたら違っていたかもしれない。三蔵という盗人に出会わなかったら、今頃もっと違う暮らしを……」

ぽろりと、ふいに千恵の目から涙がこぼれた。

はっとして律は口をつぐんだ。

千恵も同じであった。

周之助に出会わなかったら、今頃、雪永と夫婦として暮らしていたのではないか？

または悪人の手にかからなければ、記憶を失うこともなく、周之助と夫婦になって遠州で幸せになっていた筈だ。

こうだったら、こうしていればと、過ぎてからならいくらでも言える。

そうならず——そうせずにきたから、今に至るというのに……

「すみません」と、律は頭を下げた。「おせんさんを庇うつもりでは——」

「いいのよ。違うのよ」

杵の差し出した手ぬぐいで涙を押さえながら千恵は言った。

「そのお師匠さんの言う通りだわ。悪人はほんの一握り。その人たちだって何かがかけ違っただけで、根っから悪い人なんて本当はいないのかもしれないわ。だって、周之助さまにお姉さん、お杵さん、雪永さん……私の周りには誰一人として悪い人なんていないもの」

そう言いながらも、手ぬぐいを握りしめた千恵の頰を溢れる涙が伝い落ちてゆく。

「私は果報者だわ……なのに——なのにどうして涙が止まらないのかしら……?」

「お千恵さん、無理はなさらずに」

杵が寄り添い、そっと千恵の肩に触れた。

千恵は泣きやむどころか、嗚咽をこらえて濡れた目で律を見つめた。

「ごめんなさい」

「いいんです、お千恵さん」

「いいえ……ごめんなさい、お律さん。今日はもう――」

「お暇いたします。私が余計なことを言ったばかりに……」

律が言うと、手ぬぐいに顔を埋めて千恵は小さく頭を振った。

「いいえ、私が悪いのです……私には判らないんです。どうして――どうしてこんなことになったのか……私には判らない――」

杵の見送りを断って、律は一人で表へ出た。

門の横の姫侘助が、また二つ新たな花を咲かせている。

師走まであと十日――

音を立てぬよう門戸を閉めると、律はゆっくり歩き出した。

まだそう暗くも寒くもないが、空は一面雲に覆われたままだ。

もう少ししたら、雪になりそう――

案の定、御成街道に出てすぐ粉雪がちらつき始めたが、急ぎ足になる人々の合間を、律は一人ぼんやりと家路をたどった。

第三章　消えた茶人

一

湯が沸くのを見計らったごとく、涼太の足音が近付いて来た。

引き戸を急いで開け閉めして土間に立った涼太へ、定廻りの広瀬保次郎が微笑んだ。

「やあ、涼太、ちょうどいい」

八ツ半が過ぎ、保次郎が現れたのを機に律も呼ばれて今井宅に上がっていた。

来るか来ないか判らない涼太をいつまでも待っていられないので、律が茶を淹れようと茶筒（ちゃづつ）を手にしたところであった。

「ようやく暇を見つけて立ち寄ったのに、涼太がいなくてがっかりしていたんだ」

「俺もようやく一息つけまさ……」

保次郎に応えながら、涼太は律の手から無造作に茶筒を取った。

少しだけ手が触れ合って律はどきりとしたものの、疲れているのか、涼太の方はなんら気にした様子はない。

「忙しいようだな、涼太」

「はあ、まあ……」

声をかけた今井に、涼太が曖昧に応える。

「商売繁盛で結構なことじゃないか」と、保次郎。

「ええ、商売繁盛なのは実に結構なんですが……」

「ですが？」

「今日は女将さんがちょいと機嫌を損ねておりまして……丁稚や手代にとばっちりがいかねえよう気を張ってたら、すっかり疲れちまいました」

「女将さんが？……いやまあ、女将さんもいい年だからね。そろそろ身体もきつくなってきたんじゃないか？　それにこの冷え込みだ。ゆっくり休むのもままならないよ。明け方も布団から出るのがつらいし、いくら歩いても温まらないし――」

火鉢に手をかざしながら保次郎が言う。

「いや、まあ、年もあるんでしょうが、此度はその……」

一旦言葉を濁して、涼太はちらりと律を見やってから言った。

「……昨夜、親父が戻らなかったんで」

「戻らなかったというと？　まさか、行方知れずに？」

眉をひそめた保次郎を見て、今井が苦笑した。

「広瀬さん、それはいくらなんでも早計だ。お役目熱心なのは買いますがね……清次郎さんのことだから、何か付き合いで出かけたんじゃないのかね？」

今井が問うと、涼太が頷く。

「流石先生。そうなんでさ。昨日は向島の得意客のところへ、茶会を兼ねて呼ばれて行ったんでさ。出先で泊まりになるのは珍しくねぇんですが、昼前にその茶会で一緒だった別の客が来て、茶会の亭主の招待で、親父を含む何人かは昨夜なかに繰り出したと――」

なるほど、己を見やったのはそういうことかと律は合点した。

先日、律が黙って伏野屋に泊まったことへの嫌みかと思いきや、涼太の吉原泊まりへ見せた不満を気にしてのことらしい。

「そりゃあ……女将さんはいい気はしないだろうなぁ」

保次郎がつぶやいたのへ、そうだそうだと、律は胸中で大きく頷いた。

「いやそれが、広瀬さん……」

茶を淹れながら、言いにくそうに涼太が続ける。

「付き合いがあるのはおふくろも承知してるんで、一晩なかで過ごすくらいでがたがた言うこたねぇんですが、昼を過ぎても帰らねぇところをみると、どうやら居続けかと。それはいくらおふくろでも面白くねぇらしく――」

「そりゃあ……そうだろうなぁ……」

――あたり前じゃありませんか。

花街の話だから口出しは避けたが、その代わり律はつんとして涼太から茶碗を受け取った。女として女将の佐和の気持ちが判るのはもとより、女遊びへの涼太の本音を聞いた気がして律も少しも面白くない。

花街での一夜は付き合いの内。それくらいは大目に見るのが大店の女将らしい。

どうせ私は、大店のおかみさんの器じゃありませんよ……

不穏な気配を感じ取ったのか、小さく咳払いをして保次郎が話を変えた。

「ところで、私もとうとう来年には嫁を迎えられそうだよ」

「えっ？」

律より先に涼太が驚きの声を漏らした。

「広瀬さんまで――」

「そんなに驚くことないだろう、涼太。嫁取りの話は春先から折々にしてたじゃないか」

「それにしたって……お相手は文月(ふみづき)の終わりに言ってたお人ですか？　ご尊父のつての縁談で、書物(しょもつ)同心の娘さまでしたっけ？」

「よく覚えていたな。しかし、残念ながらその女性とはご縁がなかったようなのだ。此度の話は叔父上のつてで、御蔵番の次女だそうだ」

「だそうだ、って、まだお話だけなんで？」

「まあ、顔合わせはまだなんだが、家の釣り合いも良いし、母上も乗り気だ。だからもう決まったも同然なのさ」

「しかし、まだ会ったこともねぇお人と身を固めるなんて――いや、これも塞翁が馬か。仲間内で一人、春に祝言を挙げた者がいるんですが、嫁は京から来たんでさ。それまで会ったことも話したこともない女です。しかし家のことも店のことも大層しっかりしていて、今はこっちが当てられるほどの仲ですからね」

「それが肝心なんだ。家のことをしっかりしてくれて、母上とそこそこ上手くやってくれたら、それだけで充分だ。私は年明けには二十七だ。うかうかしてられないのだよ。来年祝言を挙げたとしても、跡継ぎを得るまで少なくとも一年、下手をすれば二、三年……三十路までにはなんとかして、少しは親孝行したいんだがなぁ」

嫁取りと聞いて束の間華やいだ律の気持ちは、一息にしぼんだ。

武家ならば仕方のないことだとは思う。

婚姻の最たる目的は子作り――跡目を産み育てることで、恋情など二の次どころか、身分や身代の次になることもざらである。

判ってはいるのだが、顔も見たことのない者と夫婦になるなど――ましてや子作りに励むなど――律には到底できそうにない。身分は違えど、日頃親しくしている保次郎には、誰か心から好いた人と一緒になって欲しいという気持ちがあった。

また武家に限らず、男は外、女は内というのは世の習いで、佐和や類のような女将――女の店主はごく僅かだ。いわゆる職人も男が圧倒的に多く、律の知っている女職人といえば機師や裁縫師くらいである。

嫁ぐなら「家のことをしっかり」するのはあたり前……

母親を早くに亡くしたから家事は一通りこなしてきたが、裏長屋の三人暮らしと奉公人を数十人抱える青陽堂では比べものにならぬだろう。

ううん、家事よりも跡継ぎよりも、まずは女将さんが許してくれるかどうか――

「来年には嫁取りか……」

しみじみと言う涼太の声には羨望が混じっていたように聞こえて、律は茶を含みながらそっと涼太を盗み見た。

「ふふふ、羨ましいか、涼太？」と、保次郎がにやりとした。

「そんなんじゃ――いや、そりゃちっとは……ねぇ、先生？」と、涼太は今井を見やる。

「私は独り身の方が気楽でいいがね。――お律はどうだい？」

今井の不意打ちに、律は勢いよく茶を飲み込んだ。

「お佐久さんはどうやらまだ、糸屋との縁談を諦めていないようだが……」

微笑んだ今井に加え、涼太と保次郎が揃って律を見つめた。

かろうじてむせずに済んだが、上ずった声で律は応えた。

「そ、その話ならとっくにお断りしました」

「そうなのか。二人とも奥手だから——なんてお佐久さんは言ってたが。ほんの三、四日前のことだがね」

「もう、お佐久さんたら……」

先生だって、お見通しのくせにそんなとぼけたこと言わなくたって——

相思になったことを、そろそろ今井や保次郎には伝えてもいいのではないかと思うのだが、涼太はそんな素振りはまったく見せない。

なんとなく失望して律は言った。

「私も先生と一緒です。独り身の方が気楽でよいです。誰に気兼ねすることなく絵が描けますから。長屋にいれば一人でも寂しくないですし、私は広瀬さんのように親孝行の必要もありませんから」

「そりゃお律さん。しかし、いつまでも独り身というのは——」

困った顔で保次郎が言いかけたところへ、小者が呼びに来た。

「広瀬さま。西の方で何やら騒ぎが」

「今行く」

保次郎が小者と連れ立って帰ると、入れ違いに今度は青陽堂の丁稚がやって来た。

「若旦那。そのぅ……女将さんが……」

「ああ、今行くよ」

茶碗を置いて腰を上げた涼太は、「じゃあ、また」と今井に一礼すると、律とは目も合わせずに出て行った。

「やれやれ慌ただしい。お律はどうする？　仕事に戻るかい？　よかったらもう一杯茶に付き合わないか？」

「じゃあ……もう一杯いただきます」

いっそもう、先生には打ち明けてしまおう――

そう決意して律は鉄瓶に手を伸ばしたが、またしても違う足音が近付いて来る。

「今井先生、あの、笹屋の伝助(でんすけ)でごぜぇやす」

「伝助、一体どうしたんだい？」

「それが……まだ早いのに恵明先生が一人でいらして、何やら荒れてますんで。このままだと飲み過ぎで潰れちまうから、先生にちょいと来てもらえねぇかと」

「医者のくせして仕方のないやつだ。お律、すまないね。ちょっと行って来るよ」

「判りました。片付けておきます」

「頼んだよ」

今井が出て行くと、九尺二間でも随分広く感じた。

火の始末をし、茶器を片付けて表へ出ると、寒いからかどの家の戸もぴっちりと閉じられている。

家に戻ると、二間三間は更に広く、がらんとしていて物悲しい。

座敷には写しかけの椿の画本と絵を広げたままだ。

泣いた千恵を置いて、椿屋敷を辞去してから三日。

これはといった意匠は思いついておらず、思案しながら画本を写している律だった。

火鉢に火を入れ直し、律は一つ深く溜息をついた。

二

翌日、律は思い立って池見屋を訪ねた。

女将の類に会うのは一月ぶりだ。

「何やら苦戦してるようじゃあないか」と、にやりとした類に、

「ええ、まあ……」と、律は肩を落として頷いた。

「まあ、一筋縄じゃいかないと思っていたけどね。それで今日はなんなんだい?」

「今日は、そのぅ……巾着絵の仕事をいただけないかと……」

尻すぼみに律は言った。

千恵の着物の注文を受けた時は、下描きを含め、霜月は丸々着物に費やすつもりだった。

ゆえに律の方から「しばらく着物に専念したい」と巾着絵の注文を断ったというのに、着物

はおろか、まだ下描きさえできていないというていたらくである。

その上、己の意地で下描き代や相談料を断ってしまったために、この一月の実入りは似面絵の代金と雪永がくれた心付けのみだった。

長屋の家賃だけで一分かかるから、律はここしばらく、今井に預けている金を少し引き出していた。これからとんとん拍子に進んだとしても、着物の代金をもらうのは更に一月は先で、それまで実入りがないのは不安であった。

「どうやら長丁場になりそうだしねぇ――」と、類はにやにやと律を見つめる。

「……ええ。その、お千恵さんは雪永さんが気に入ったものでよいと仰るのですが、私はやはり、お千恵さんに喜んでいただきたいと……」

「そうらしいねぇ。雪永から話は聞いたよ。駆け出しのくせして、よくもまあ、つまらない意地を張ったもんだね。せっかく雪永が下描き代やらおしゃべり代やら出してやるって言ってんのにさ」

「し、しかし、駆け出しでも私は上絵師ですから――仕事の代金しか受け取れません」

「そうらしいねぇ……」

類は繰り返したが、怒っているでも呆れているでもなく、どこか楽しげだ。

「一枚でも二枚でもいいんです。手は抜きませんから……巾着絵も、お千恵さんの着物も」

「手を抜かないなんて、そんなのあたり前じゃあないか。まあちょうど一枚、文鳥(ぶんちょう)の巾着絵の注文があったから、お前に任せてみようかね」

「是非！　文鳥なら何度も練習しています」

「そいつは心強いが、ちょいと癖のある客でね。ただの文鳥じゃ駄目なんだ。その方のお気に入りの文鳥さ。だからまずはそいつを見に行ってもらおうか。今、先方へ紹介状を書くから、明日の朝にでも行ってみな」

「はい」

さらさらと慣れた手で紹介状を書くと、渡しながら類は言った。

「他に仕事がないなら暇だろう？　ちょいとお千恵のところへ遣いを頼んでもいいかい？」

「もちろんです」

「いただきものの麩があるんだ。あの子が好きだからね……ああ、雪永ほど太っ腹じゃあないけど、駄賃くらいは出そうかね」

「結構です。それに私もお千恵さんに会いたいですし……」

「そうかい。ならまあ、せめて菓子でも持ってきな」

慶太郎じゃあるまいし……と、思いつつ律は頷いた。

千恵への風呂敷包みの他、己の分の菓子包みを手代から受け取り、池見屋を後にする。

宮永町の千恵の家に行くと、杵に続いて千恵もすぐに出迎えてくれた。

千恵がほっとした顔を見せたので、律も内心胸を撫で下ろす。

「お律さん、この間はごめんなさいね。さ、上がってちょうだいな」

嬉しげにいそいそと千恵が座敷へ案内した。

「こちらこそごめんなさい。差し出がましいことを申しました」

「みっともないところを見せちゃって……呆れてしまったでしょう？　随分お顔を見ないから、もう来てもらえないかと思ったわ」

先日会ってからまだ四日しか経っていない。「随分」というほどではなかった。

「ほんの少し前ですよ、お律さんが来てくだすったのは。四日前だったか、五日前だったか、こう寒いと家から出ないので、一日が長く感じますからねぇ」

曖昧に言ったのは杵の気遣いだろう。

「私も家から出ない日が続くと、つい数日前でも随分前に感じます」

杵に添うように律も言ってみたものの、千恵は顔を曇らせた。

杵が茶の用意に台所へ立ってから、千恵が切り出した。

「お姉さんから聞いているかしら……？　私は大分前に池に落ちて……それから、何やらおかしくなってしまったの。私だって、それは判っているのよ」

「お千恵さん……」

「なかなか息を吹き返さなかったって、聞かされたわ。池に落ちたことは――どうして落ちたのか――まったく思い出せないの。あの頃のことはいまだにぼんやりしたままで、周之助さまとお姉さん、両親があれこれ気遣ってくれて……その後、両親は病で亡くなったけど、そのことも——ううん、そのことだけじゃなくて、いろんなことが次々とすり抜けていってしまう……」

眉根を寄せて絞り出すように言う千恵が痛ましい。

「池に落ちたのだって、もう何年も前の筈なのに、つい昨夜のように思えることがあるわ。周之助さまが国へ戻られた時も、ろくにお見送りできずに……江戸でゆっくり養生するように言われたけれど、本当は厭わしいのではないかしら？　こんな役立たずの妻なんて……」

「そんなことありません」

周之助は知らぬが、雪永を思い出しながら律は言った。

「村松さまは折々に文を送ってくださるそうじゃないですか。着物のことだって好きにしてよいと——」

言いかけて律は慌てて口をつぐんだ。

雪永さんは代筆の文を送ると言っていたけど、それが届いているかどうか——

「あら、もうご存じで？」

千恵の顔が華やいだところを見ると、文は既に届けられているらしい。

安堵しながら律は頷いた。

「ええ、その、雪永さんが教えてくだすって……」

「そうなのよ。雪永さんが文を届けてくださったの。昨日、いいえ、おとといの……」

「おとといの夕刻でしたねぇ。甘酢漬けのお礼にと鴨を持っていらして」

台所から戻って来た杵が言った。

茶は雪永が置いていったという青陽堂の茶葉、茶請けは麩と一緒に類からの風呂敷に入っていたという高そうな干菓子である。

「そうそう。一緒に夕餉を……鴨鍋を食べたのよ」

「ええ」

杵が微笑むと、千恵も頰を緩ませて頷いた。

「それはようございました」

「ご友人とお芝居を観に行った帰りだと……ねぇ、お杵さん？　それから枯野見の話も」

「ええ、楽しゅうございましたね」

「本当に。雪永さんはお話し上手で……お芝居はともかく、枯野見は私もいつか行ってみたいわ」

芝居より枯野見の方がよいとは意外で、律は問うてみた。

「どうしてですか？　お芝居は楽しそうですが、枯野見は寒いでしょうし、なんだか寂しい気持ちになりそうです」

「でも、しんとした木々を見ていると、日頃のごたごたを忘れて、すうっと静かな心になれるんですって。一旦静まると、今度はどんどん頭が冴えてきて、新たな志が芽生えてくるって仰ってたわ。雪が降っていると尚よくて、雅号を雪永にしたのも、小さい頃から雪が降ると時を忘れて空を見入ってしまうからなんですって」

「そうだったんですか」

千恵の言葉には少なからぬ雪永への好意が滲んでいる。

村松さまと出会わなければ……

ううん。

記憶さえしっかりしていれば、村松さまのことは――事件のことも――過去のこととして、今頃雪永さんと一緒になっていたかもしれない……

雪永の話はもとより、それを覚えていることが嬉しいらしく、千恵は雪永との夕餉の様子に加え、幼少の頃の雪永や類、両親のことなどを話した。

千恵の記憶は、手込めにされる前のものだと常人と変わらずしっかりしている。

「ごめんなさい。こんな話、お律さんには退屈ね」

しばらくしてから千恵が窺うように言った。

「いいえ。楽しゅうございます。特にお類さんの昔話が。昔から、肝っ玉の据わった方だったんですね」

律が微笑むと、千恵は少女のごとくはにかんだ。

「ええ、姉は昔からしっかり者で、私はずっと頼ってばかり……」

茶を飲みながら更に半刻ほどおしゃべりに興じてから、律は腰を上げた。

「近いうちにまた——今度は下描きと一緒にお訪ねしますから」

「待ってるわ」

見送りに出ようとした千恵を、「寒いから」と杵がとどめた。

わざわざ門の外まで一緒に出て来た杵が言う。

「本日はありがとうございました、お律さん」

「こちらこそ、長々とお邪魔してしまいました」

「いえ……お律さんに呆れられたのではないかと、あまりにも気にされていたので、おとといお類さんのところへお知らせに行ったのです。ちょうど雪永さんがいらしてて、後で様子を見に寄ってくださることになって。思い違いのせいで、昔からのご友人には誤解されておりますが、お千恵さんだっていろいろ考えておられるんです」

「承知しております。私に何かできることがあればよいのですが……」

「それなんです。お律さんの絵を見てから、お千恵さんは少し思い出したようなのです。あの椿と雪の絵です。雪永さんがあれを持って来てから、なんだか様子が違うのですよ」

「あの絵を見てから……？」

「あれから思い悩むことが多くなられたように見えますが、お律さんのことを始め、以前より物事をよく覚えているように思うんです。ですからその――下描きがなくても、気が向いたらいつでも遊びにいらしてくださいませ……」

遠慮がちに言う杵に、しっかり頷いて律は椿屋敷を後にした。

類からもらった菓子包みは、千恵の家で出された干菓子と同じ包み紙だった。おそらく初めから律を遣いに見込んで二つ用意し、律が訪ねて行かなかったら、丁稚にでも言付けて遅かれ早かれ千恵のもとを訪ねるよう頼んできたと思われる。

長屋に戻って来たのは、七ツ半が過ぎてからだった。

池見屋に出かけた時は八ツまでに戻るつもりであった。

まさか、お千恵さんちへ行くことになるとは思わなかったから……

茶の時間に涼太が現れたか気になったが、わざわざ訊くことでもないと、律は今井の家の前を通り過ぎた。

己の家の引き戸を開くと、薄暗い土間に白い物が落ちている。

結び文であった。どうやら戸の隙間から差し落としたものらしい。

開いてみると涼太からだった。

《明日　八ツに五條天神にて待つ　応なら湯おけ　否ならせんたく板を　朝のうちに外に出されたし　涼太》

記憶の中の涼太の字よりも、ずっと整ったものである。

律が涼太と指南所で机を並べていたのは、もう十年も前のことだ。あの頃太く角ばっていた字は、今はほどよい強弱と丸みを帯びていて、それが涼太の修業の年月を感じさせた。今年に入ってようやく帳場に見習いに入るようになったと聞いているから、筆を取る機会も増えたことだろう。

あと一月と少しで新たな年が来て、律は二十三、涼太は二十四歳となる。

涼太が店を継ぐのもそう遠くないと思われる。佐和の心積もりや己の仕事など、悩み始めるときりがないが、今はただ、涼太と二人きりで会えることが律の胸を浮き立たせた。

何よりこれは律が手にした初めての恋文――らしきもの――である。

湯桶を出すことは決まっているのだが、「朝のうち」というのは一体いつなのか？

朝一番だとしたら起きてからでは間に合わないかもしれないと、湯屋への道中、湯屋の中、戻り道でも思い悩んで、律は夜のうちにそっと湯桶を外に出した。

布団に入る前に今一度文を確かめ、畳み直して枕元に置く。

明日はどの着物を着て行こうか？

帯は？　簪(かんざし)は？

着物も簪も限られているから悩む余地はそうないのだが、つい考え込んでしまう。

それに、二人きりで会って――何を話すのかしら？

何から話したらいいのかしら……？

布団に入ってからも律はなかなか寝付けなかった。

三

文鳥の巾着の注文客は、その名も文左衛門といった。

文鳥の名は文吉である。

「池見屋さんから……それはご苦労さま」

五十路近いと思われる文左衛門は、そう言って上から下まで律を見やった。

類からの紹介状を読んでから、もう一度律を見てつぶやいた。

「まさか女の絵師を寄越すとはねぇ……」

むっとしたものの、言い返しても無駄だと、以前、他の呉服屋を回った時に学んでいる。

小さなはったりも時には必要だということも。

「鳥の絵は得意です」

微笑みつつ、だがきっぱりと律は言った。

「どんな絵をご所望なのか、下描きしながらご相談したいので、文吉さんにお目にかかれますでしょうか？」

文吉さん、と呼んだのが功を奏したのか、文左衛門はほんのりまなじりを下げて律について来るよううながした。

文左衛門の家は寛永寺の東にある下谷坂本町の湯屋だ。文左衛門は既に隠居しているそうで、湯屋は息子夫婦が切り盛りしている。

玄関先で律を迎えたのはおかみ——息子の嫁——で、その様子からすると、少なくともおかみは文吉——文左衛門の道楽——を快く思ってないようである。

それもその筈だと、案内された部屋を見て律は合点した。

文左衛門は部屋を一つ丸々鳥籠として使っているのだ。

板戸に施された格子窓の外から文左衛門が呼ぶと、文吉は顔をこちらへ向け、戸を開くと同時に飛んで来て文左衛門が差し出した手のひらに乗った。

「おお、よしよし、文吉や」

文左衛門が指で撫でてやると、文吉は赤子のように目を細めて座り込む。

二百数十年前に阿蘭陀船でやって来た文鳥は高価で、律のような庶民には手が届かない愛玩動物だ。人懐こく、犬猫に劣らぬほど長生きする上に糞尿の始末が楽だというので、裕福な武家や商家には人気があった。

それにしてもこれは……

風呂好きが多い江戸で湯屋が商売に困ることはないだろうが、町の湯屋では豪商とは言い難い。糞尿の始末が楽というのも鳥籠で飼っていればこそであって、一部屋を丸々鳥籠とするなぞ、どこぞの殿さまでもあるまいに……と、律はやや呆れたが、部屋を見渡してすぐに思い改めた。

糞の跡はあるものの、止まり木、餌場(えさば)、水浴び場と総じてきちんと手入れされていて、臭いもほんの僅かである。床は板張りだが座布団があるところを見ると、文左衛門がここでひとときと過ごすこともあるのだろう。

「よく慣れておりますね」

「もう三年も一緒に暮らしているからね……よしよしよし」

相好を崩して文左衛門は文吉に微笑んだ。

早速(さっそく)筆を取り出して、律は下描きを始めた。

珊瑚色(さんごいろ)の嘴(くちばし)に黒い頭、瞳も真っ黒だが嘴と同じ珊瑚色で縁どられている。頭とは対照的に頬は真っ白で、羽と胸は微かに青みがかった灰色、腹はごく薄い鴇羽色(ときはいろ)だ。

下描きは墨絵だが、上絵として描く時の色合いを考えながら筆を動かす。

文左衛門はしばらく黙って見つめていたが、律が五枚目の紙に手を伸ばした時に言った。

「あのお類さんが寄越すだけはあるねぇ……」

余計な――「女のくせに」「女だてらに」といった――一言がなかったのが嬉しかった。

「……絵は、表と裏、両方入れますか?」

「そうしようかねぇ」

「どういった絵にしましょう？　飛んでいるところ、止まっているところ、目は開いているのか閉じているのか……」

「表はそうだね、凜々しく描いて欲しいねぇ。今はこうして甘えているがね、文吉は男だからやはりこう、きりっとしているところがいいね」

「かしこまりました」

「しかし、裏はこう、可愛げのある姿がいいかねぇ。水浴びの気持ちよさそうな――いや、やはり、こうして手のひらで丸くなっている――いやいやそれとも、首をかしげたところなんかはどうだろう……？」

しばし悩んだのちに、表は止まり木に止まったところ、裏は丸くなって目を細めているところに決まった。

が、決まってからがまた長かった。

「ああ、枝ぶりはここから見上げるような……足はもっとしっかり、横顔でもまっすぐ前を見ているんだからね」「それじゃ丸過ぎる。もう少し――ほんの少しだけ下を……そう、つきたての餅のようにだね……」

こと細かに文左衛門は口を出してきたが、それもこれも文吉への愛情ゆえだろう。

己の自由に描けない不満がないこともないが、金をもらう以上、客の注文に応えるのも仕事の内だ。秋に香の紹介で女たちの似面絵を散々描いたから、こだわりが過ぎる客も文左衛門が初めてではない。

また千恵の着物のことを思えば、少々細かくても、文左衛門のように望みを詳しく伝えてくれる方がよほど助かるというものだ。

地色も裏と表で違う色にすることにした。

その分、値は上がるが、文左衛門にはどうやら張り合っている相手がいるらしい。

「そいつとは二階で時々碁を打つんだがね。先だって、飼い猫の上絵が入った巾着を仕立ててきたんだよ。だから私も文吉の巾着を仕立ててやろうと思ってねぇ……」

湯屋の二階は大抵溜まり場となっていて、金を出せば茶や茶菓子を飲み食いできるし、碁や将棋なども用意されている。湯上りにのんびり寝転ぶもよし、一服するもよし、談義に興じるもよしの、町の憩いの場であった。

文左衛門の碁敵は隠居でやもめ、息子夫婦からも孫からもあまり相手にされず、湯屋の二階で碁を打つのと家で愛猫と戯れるだけの日々らしい。

口ぶりから、文左衛門も似たような境遇なのだろうと律は踏んだ。口では相手をこき下ろしながらも、憎々しさは微塵もなく、むしろ相手への思いやりを端々に感じた。

話すにつれ文左衛門が打ち解けてくれるのは嬉しいが、下描きを描くうちにあっという間に一刻が過ぎ、九ツの捨鐘を聞いて律は慌てた。

五條天神は戻り道にあるのだが、昼前に一度家に戻ってから出直すつもりだった。

下谷坂本町から神田相生町までは約三四半里で、律の足だと夏場でも半刻ほどかかる距離である。陽の短い冬場の今、長屋から出直す時はなさそうだ。

気を許した文左衛門の話は続き、ようやく辞去することができたのは更に半刻が経ってから——文左衛門の腹が鳴って、昼餉はまだかと家人を呼びつけた後であった。

次の客先へ向かうからと、誘われた昼餉を丁重に断ってから、律は南へ足を向けた。

五條天神には八ツの鐘より大分前に着いたものの、己を見やると思わず溜息が出る。

今日は吉岡染の袷を着ていた。涼太に会う時は蒸栗色の帯を合わせるつもりだったのだが、朝は藤煤竹色(ふじすすたけいろ)の帯を締めて家を出た。客に会うのと下描きをすることを考慮した上でのことだったが、どちらも濃色だから改めて見るとなんとも年寄り臭い。

荷物も筆やら前掛けやらを入れた風呂敷包みは家に置いて、梅鼠(うめねず)一色だが繻子(しゅす)織の巾着だけを手にしている筈であった。

せっかく涼太さんと外で会えるのに……

野暮ったい己を気にしながら、手持ち無沙汰に通りを眺めているうちに八ツが鳴った。

五條天神で待つと文にはあったが、店から来るのか、出先からなのか。

右を見たり左を見たりしながらしばらく辺りを窺っていたが、涼太は一向に現れない。

時の鐘は陽の長さに左右されるから、ぴったり鐘に合わせるのは難しい。多少前後したところでお互いさまなのだが、待つ身は片時でも長く感じるものだ。

段々律は不安になってきた。

何かのっぴきならないことが起きたのだろうか。

それとももしや、湯桶に何か……？

出がけに外に置いた湯桶を確かめていたが、なんらかの理由でなくなっていたら、洗濯板がなくても、涼太は律が来ないものと思ったかもしれない。

風呂敷包みを背に五條天神前をうろうろしていると、通りすがりに何やら好奇の目を向ける者もいて、律は自然とうつむいた。

風呂敷の結び目をいじる指先がかじかんでくる。

交互に白い息を吹きかけていると、「お律！」と遠くから涼太の声がした。

四

「すまねぇ、すっかり遅くなっちまった。客先で足止めされちまって……」

「ううん。私もお客さんのところから……」

安堵しながら、律はかみ合わぬことをもごもごと言った。

「寒かったろう？」

切らせた息を整えながら涼太が問う。

「そ、そうでもありません」

涼太を正面から見るのが恥ずかしく、風呂敷をぎゅっと握って目を伏せた。

「そこらで少し温まろう」

どことなく困った声の涼太に「はい」と律は短く頷く。

歩き出した涼太に半歩遅れて律も続いた。

客先へ行ったのは届け物だったようで、風呂敷包みを背負った涼太はお仕着せを着て、店の名前と紋が入った前掛けをしている。

前掛けは春に律が手がけたものだ。

嬉しい反面、得意客や、それこそ店の者に見られては困ると気が気ではない。

涼太は気にしていないようだが、人目につくことはないと高をくくっているのか、見られたところで構わないと思っているのか、律には判じ難かった。

己も客先からの戻りであるし、どこかの遣いに見えないこともないだろう。

そもそも人さまは私たちなんて見ちゃいないわ――

そう己に言い聞かせた矢先、涼太が振り向いた。

「……茶屋にでも行こうか？」

「……はい」

躊躇（ためら）いがちに問うた涼太へ、律も躊躇いがちに応える。

応えてから律ははたとした。

茶屋といえば、律にはこい屋のような茶や茶菓子を出す店のことだが、世の中には、男女の密会に使われる「出会茶屋」や「待合茶屋」といった茶屋もある。待合茶屋はその名の通り待ち合わせのための茶屋だが、場所貸しという点では出会茶屋と同じで、単なる待ち合わせのみならず、会合——密会——に使われることもしばしばらしい。

まさか……

そんなことはあるまいと思いつつも、律の胸は波打った。

立ち込める不安に、微かに期待が混じっている気がして律自身を驚かせる。

これまでそういう機会がなかっただけで、律も二十歳を超えた年増であった。男女の営みに関していくばくかの知識はそなえているし、相思で求婚までされているのだから、接吻以上の何かがあってもおかしくはない。

でも、いくらなんでも今日ってことは……

思い悩むもほんのしばしで、涼太が足を止めたのは仁王門前町の手前にあるまっとうな茶屋の前だった。

屋台に毛が生えたような、縁台が外に並ぶ店だが、風を遮るための衝立と暖を取るための火鉢がいくつか置かれている。

半分空いている縁台に近付くと、涼太は律を火鉢の近くへうながした。

風呂敷包みを下ろして座ると、涼太も同じようにして隣りに腰を下ろす。

「茶にするか？　それとも甘酒の方がいいか？」

「お茶でいいです」

「団子もあるようだが、一串どうだ？」

「結構です」

覗き込むように問われて、律は小声で応えるのが精一杯だ。

茶を二つ注文してから、やや不満そうに涼太が言った。

「……なんでぇ、なんだか他人行儀だな」

「だって……」

祝言を挙げていないのだから他人といえば他人ではないか。

そんな思いもちらりと胸をかすめたが、そんなことが言いたいのではなかった。

遅れて来たのは仕事ゆえに致し方ないし、茶屋が出会茶屋や待合茶屋でなかったことにはほっとしたものの、いわゆる茶屋なら涼太は他にも知っているだろう。

——何もこんなあけっぴろげなところでなくても……

三寸と離れぬ隣りにいるのに、こうして縁台に座っていると、以前見かけたこい屋での涼太と綾乃が思い出されて、変に浮かれていた己が恨めしくなる。

涼太とこんな風に二人きりで外で会うのは半年前に千住に行って以来で、接吻してからも既に一月半ほど経っている。

　恋文らしき結び文に、逢引らしき待ち合わせと、律は昨夜はろくに眠れなかったというのに、涼太には特に気負った様子がないどころか、単なる気晴らしに見えるくらいだ。

「だって、なんでぇ？」

「だって……涼太さんは仕事の途中だし、なんだかお疲れみたいなんだもの」

「そりゃちっとは疲れもあるさ。朝から日本橋界隈を回って、一度店に戻って、荷を詰め直して、それから上野へ……それに」

　言いかけて涼太は口をつぐんだ。

「それに、なんなの？」と、今度は律が問いかけた。

「いや、なんでもねぇ」

　涼太は応えたが、とてもそうは思えない。

「……嘘ばっかり」

「嘘ばかりたぁ、あんまりだ。その……親父がまだ戻ってなくてよ。だからおふくろがおかんむりのままなのさ」

　ということは、清次郎はもう三日も吉原に居続けていることになる。

「そりゃ女将さんはおかんむりでしょうよ……」

「これまで居続けなんて一度もなかったんだがなぁ。もし無理やり引き止められてのことなら、遣いくらい寄越しゃあいいものを、なんの知らせもねぇもんだから……」

それなら尚更、佐和の立腹は想像に難くない。

が、清次郎から遣いがないのは気になった。

「一言もないなんて、なんだかおかしいわ。旦那さんはよく気の付く人なのに」

「そうなんだ。まあ今となっては手遅れだがな。怒り心頭のおふくろの怖さは、親父が一番知ってらぁ。怒鳴り散らすことはねぇし、客あしらいはいつも通りなんだが——うちのもんには、にこりともしねぇ。気を紛らわせたいのか、いつもなら番頭任せにしている細かいことまで厳しく言ってくるもんだから、手代や丁稚は始終びくびくしてらぁな」

貫録ある佐和に直に厳しく戒められるとなると、律でも戦々恐々としてしまう。

涙目になる丁稚が容易に想像できて、律はなんとも気の毒になった。

「流石に明日には戻って来るだろうが——戻ったら戻ったで一悶着あるに決まってる。まったく今から気が重い……」

つぶやくように言った涼太の目が、店の前を見やってしばし止まった。

何かあるのかと律も見やったが、背負い籠を背負った男が団子を買っているだけだ。

——と、ゆさっと籠が揺れて思わず律は目を見張った。

団子を渡そうとしていたおかみも驚いて手が止まっている。

「すいやせん。驚かしちめぇましたか？　猪なんですよ。生け捕りにしたのを、これからももんじ屋に届けに行くとこでして……へへへ」

「猪ですか。それにしては小さいような」

「目方は四貫ってぇとこですかね。まだ瓜坊なんでさ」

ももんじ屋というのは獣肉を出す店のことだ。

猪は畑を荒らす嫌われ者だが、まだ幼い瓜坊と聞くとあまり良い気はしなかった。

すっくと涼太が立ち上がった。

「涼太さん？」

「ちょいと気になって――」

小声で言うと、涼太は男に歩み寄って笑いかけた。

「瓜坊ってのは高く売れんのかい？」

「ああ、まあな……」

男が驚いたところを見ると、顔見知りでもないらしい。

「生け捕りにすんのは大変だろう？」

「そこはまあ、腕の見せどころさ。活きがいい方が高く売れるからよぅ」

世間話と思ったのか、男は自慢げに作った力こぶを叩いて見せた。

「仲間はどうしたんだい？」

「へっ？」

「湯島天神で群れてた仲間さ。厄介な届け物はお前に押しつけようってのか？　それとも分け前をやるのが嫌で、お前が仲間を出し抜いたのか？」

「そ、それは——」

上ずった男の声を聞いて、律も縁台から腰を浮かせた。

「猪ってのはもっと臭う筈だが、この籠からは獣の臭いはしねぇなぁ。ちょいと中を見してくれよ」

「お、お断りだ」

「まあそう言わずに——」

涼太の方が男より三寸ほど背が高い。

蓋代わりの風呂敷にひょいと涼太が伸ばした手を、勢いよく払って男は走り出す。

「待ちやがれ！」

とっさに伸ばした涼太の手が籠をつかむと、男は籠ごとひっくり返った。

横になった籠から転がり出たのは、手足を縛られ、猿ぐつわを嚙まされた女児だった。

五

あれよあれよと人が集まり、番人が呼ばれて男はお縄となった。

男はむっつりと無言を貫いていたが、涼太曰く、あと二人は仲間がいるらしい。

「天神さまで、あいつと仲間を見かけたんです」と、涼太は言った。

客先の一つが湯島天神の西の門前町にあって、届け物をした後に、湯島天神を通り抜けたのだという。

「あいつと仲間の二人の男——合わせて三人が、お参りの客をちらちら窺ってて、何やら胡乱なやつらだと思っていたんです。天神さまに瓜坊なんている筈がないから、怪しいと思ったんですが、まさか子供を攫って来たとは——」

男の仲間については、のちほど見廻り同心が番屋でじっくり問い詰めることになった。女児の方は身に着けていた守り袋から妻恋町の長屋の子だと判り、こちらは番人の息子夫婦が送り届けることに決まった。

「六ツまであと半刻ってとこか」

男が番屋にしょっ引かれ、人々が散り始めると、西の空を見上げて涼太が言った。

無念の滲んだ声だった。

「とんだことになっちまったな。すまねぇ、お律」

「そんな。涼太さんは何一つ悪いことしてないじゃないの。人攫いを防いだんだもの。立派な行いだわ。広瀬さんがまたびっくりするわね」

律が言うと、涼太は小さく溜息をついた。

「まあなぁ……悪いこたしてねぇんだが、運がねぇ。人探しの才だの特別なつきだの、前にお前は持ち上げてくれたけどよ。何も今日でなくとも……まったく上手くいかねぇもんだ。今日こそゆっくり話せると思ってたんだが、親父の話で終わっちまった。ああ、親父とおふくろのことは、お律に愚痴ることじゃあなかったな。こいつは俺が悪かった」

「そんなの——とにかくあの子が無事でよかったわ」

「そらそうだ」

「それに旦那さんのことは……」

身内の愚痴も、気を許した仲だからと思えば嬉しいものである。

「親父のことはもういいからよ」

吉原絡みでまたちくりとやられると思ったのか、早口に涼太は言った。

「違うのよ。その……そういう話は——お身内のことは、他人にはあまりしないでしょう？先生や広瀬さんがせいぜいで……」

気恥ずかしさを隠すために、今井や保次郎の名を持ち出して律が言うと、涼太は今度はゆっくりと苦笑を漏らす。

「そうだなぁ……先生に広瀬さん……それからせいぜいお律くらいだ」

五條天神で落ち合ってからのわだかまりは、もうすっかり解けている。

己へ微笑んだ涼太を、はにかみながら律は見つめた。

と、涼太の腹が小さく鳴った。

腹を見やって──頰を搔きながら涼太が言った。

「──昼餉を食ってる暇がなかったんだ」

己と会うために八ツまでに届け物を全て済まそうとしたかららしい。

もう「片想い」ではないのだと、胸がじわりと熱くなる。

「帰る前にお団子を食べていきましょうよ」

「そうするか……」

涼太が頷いた途端、律の腹からも音がした。

「なんだ」と、涼太がくすりと笑う。「お律も食べたかったのか」

「それは……私だって、お昼を食べる暇なんてなかったんだもの」

着物を着替える暇だって──

嬉しげに口元を緩めた涼太とは逆に律が口をつぐんだところへ、茶屋のおかみが団子を二串乗せた皿を持って来た。

「どうぞ。残り物ですからお代は結構です」

「ああ、こりゃどうも。ありがたく馳走になりやす」

如才(じょさい)なく会釈を返して涼太が皿を受け取ったので、律も慌てて頭を下げる。

「どうもご馳走さまでございます」

「いえいえ、こちらこそご馳走さまで……」

そう言っておかみがにっこりしたものだから、律はしばらく涼太の顔をまともに見れずに困った。

六

翌日の朝、四ツの鐘がなってしばらくして、表から声がかかった。

「お律さん。お律さんはいらっしゃいますか？」

まだ声変わりしておらぬ少年のものに違いないが、慶太郎の声ではない。

「はい」と、応えて律は、墨をすっていた手を止めた。

土間に下りて引き戸を開くと、声の主は青陽堂の丁稚であった。

いつも涼太を呼びに来る、まだ子供子供した者ではなく、慶太郎より二つ三つ年上の時々店先で見かける少年だ。

「お仕事中、申し訳ありません」

「いいえ、構いませんよ」

しっかりとした物腰の丁稚に、律も丁寧に応えてにっこりとした。

「大変心苦しいのですが……店の方にご足労いただけないかと、女将から言付かって参りま律が目を見張って初めて、丁稚も少しばかり子供らしい困った表情を浮かべた。

「女将さんから？」

「はい。その、女将がそのように……」

「で、ではすぐに支度いたしますから」

一旦戸を閉めてから、急いで前掛けを外す。よそ行きに着替えるべきか迷ったが、己の暮らしは知れているのだから、見た目は二の次でよいと思い直した。

それでもしごき帯だけよそ行きの帯に締め直して、律は丁稚の後に続いた。

「お律さんをお連れしました」

裏口からいざなわれた座敷をおそるおそる覗くと、菓子折りを前にした佐和がいた。

「どうぞこちらへ」

丁稚を下がらせてから、佐和は律を己の前にうながした。

涼太との仲を咎められるのだと、律の胸は波打った。

菓子折りはいわゆる「手切れ金」――否、傷心の己への「見舞い」のようなものではなかろうか。

そっと座敷に足を踏み入れて、菓子折りを挟んで佐和の正面で膝を折る。

「仕事中にお呼び立てして申し訳ありませんでした」

「い、いえ……」

「昨日お律さんは、幼女が攫われそうになるのを防いだそうですね」

「はあ」

予想外の切り込みに戸惑ったのも一瞬だ。

律たちが二人で会っていたことは、早々に佐和に知られたようだ。

「あの、防いだのは……その、私ではなく……」

「うちの涼太もそこそこ役に立ったと聞きました」

「はい、あの……」

そこそこどころか、涼太の記憶力と尽力があってこそ女児は助かったのだが、微動だにしない佐和に正面から見つめられて、律は口ごもるばかりである。

やましいことは何もなかったのだが、それを佐和にどう伝えたものか。

「仁王門前町の茶屋での出来事だったと聞きました」

「はい。その、お外に縁台が出ている……お茶とお団子を置いているお店で……」

けしていかがわしい茶屋ではなかったと、それとなく含めようとしたものの、頭を巡らせるほど頬が熱くなっていく。

「そのようですね」

にべもなく言ってから佐和は続けた。

「――先ほど、その幼女のご両親が揃ってお礼にいらっしゃいました」

「え？　ああ、さようで……」

「茶屋のおかみさんが涼太の前掛けを覚えていたそうです。大変な謝意を示されて、菓子折りを置いていかれました。どうぞお持ちください」

「あ、いえ、しかし」

女児の親が礼に現れたのは良い心がけだが、律にはとんだ災難である。

やましいことはなくとも、二人が外でこっそり会っていたのを佐和は快く思っていないだろう。涼太の意思はどうあれ、佐和には佐和の嫁への理想がある筈で、己がそれに当てはまらぬことは律にも容易に想像できた。

「わ、私は、お礼を言われるほどのことはしていませんし……」

蛇（へび）に睨（にら）まれた蛙（かえる）よろしく、しどろもどろに律が応えていると、廊下を急ぐ足音が近付いて来た。

「女将さん、涼太です」

「――呼んだ覚えはありませんよ」

「しかし、その――」

障子戸を開いた涼太は、廊下でかしこまったまま佐和に一つ頭を下げた。

「昨日は私がお誘いしたのです。その、お律――さんに折り入ってご相談がありまして」

「相談？」

「ええ、その、先生のことで――」

なんだ、そうだったのか、と律はやや拍子抜けしたものの、佐和の手前、安堵もあった。

「今井先生のことで……？」

「ええ」

しかと頷いて涼太は佐和を見つめたが、佐和の応えは芳しくなかった。

「だとしても、お前は届け物に出ていたのでしょう？　此度は人助けになったので大目にみますが、私ごとで仕事をおろそかにするのは許しませんよ」

「おろそかにはしておりません。届け物はお会いする前に全て終えておりました」

「得意先を駆け足で回ったということですね。その分、お得意さまをないがしろにしたのではないのですか？　お一人ずつ、届け物がてらじっくりお相手するのも、お前の仕事のうちですが」

「それは……」

涼太が言いよどんだ時、今度は先ほどの丁稚が駆け足で戻って来た。

「なんですか、騒々しい」

「申し訳ありません、女将さん」

深々と頭を下げてから、消え入るような声で丁稚が言った。

「番頭さんが、女将さんを呼んでくるようにと……そのぅ、藤井屋のご隠居さまがいらして
て……」

「藤井屋の？」と、佐和が腰を浮かせた。「――六太、その菓子折りと一緒にお律さんをお
送りしなさい。涼太、お前の話はまたのちほど。仕事に戻りなさい」

「しかし――」

「戻りなさい」

ぴしゃりと言われて涼太は口をつぐんだ。

店先へ急ぐ佐和の背中を見送ってから、涼太は溜息交じりに菓子折りを六太と呼ばれた丁
稚に持たせる。

「お律さんを長屋まで送って行ってくれ」

「はい」

「お律さん、ご足労かけました」

丁稚の手前だからか他人行儀に言いながら、涼太は律を見やった。

――この分じゃ、八ツに出れるか判らねぇ――

そんな言外の意が伝わってくる。

頷いた律は、形ばかり六太に送られて長屋へ戻ったが、半刻と経たぬうちに再び青陽堂に
呼び戻された。

七

藤井屋の隠居と聞いて佐和が急いだのも道理で、興八郎という名のこの隠居こそ、四日前に清次郎が呼ばれた茶会の亭主であった。

——いやはや、清次郎さんのおかげで茶会の評判は上々でしたよ……——

そんな風に上機嫌で挨拶をした興八郎は、今日は抹茶を買い求めに自ら出て来たという。

清次郎も一緒に帰って来たのかと思いきや、興八郎は伴の者と二人きりだった。

佐和は訝りながらも手代に抹茶を包ませたのだが、興八郎の次の言葉で異変を悟った。

——あの……清次郎さんがご在宅なら、ちょいと話がしたいんだがね？——

「私はてっきり興八郎さんと一緒だと思ったものですから」

座敷で佐和は気丈に言った。

「しかし興八郎さんは、一緒だったのは三日前の朝までだと言ったんです」

困った顔の涼太が続ける。

律が呼び戻された座敷には、佐和と涼太の他、番頭の勘兵衛が膝を詰めていた。

「とすると、それから旦那さんがどちらに行かれたか、興八郎さんもご存じない……？」

おずおずと問うてみると、涼太と勘兵衛が大きく頷いた。

「そうなんです」と、応えたのは勘兵衛だ。「興八郎さんが言うには、翌朝、吉原で旦那さんを先に駕籠に乗せ、その後自分も違う駕籠で家に帰ったと。つまり旦那さんはこの三日間、行方知れずなんですよ」

「行方知れず――」

早計だと今井にからかわれた保次郎の言葉が、まさか当たっていたとは驚きだ。

「まだそうと決まった訳ではありません」

微かに鼻を鳴らして佐和が言う。

「帰ると見せかけて、一人で妓楼へ戻ったのかもしれません……もしくは、どこかに囲い女でもいて、そちらを訪ねているということもあります」

「親父に限ってそんなことは――」

「旦那さんに限って、そんなことはございません」

涼太と勘兵衛の言葉が重なった。

「旦那さんはそんなことをするお人じゃありません。そんなのは女将さんの方がよくご存じじゃございませんか」

勘兵衛に言われて流石にばつが悪くなったようだ。佐和は目を伏せて口を結んだ。

律に向き直って勘兵衛が言った。

「若旦那にはこれから吉原へ――興八郎さんのご贔屓の妓楼へ行ってもらいます。その前にまず、お律さんに、旦那さんの似面絵を描いていただきたいんですよ」

ようやく律は己が呼ばれた理由を悟った。

用意されていた筆と紙を使って、清次郎の似面絵を一枚描いた。

見知った顔だが、似面絵となると涼太や勘兵衛、佐和の言葉が役に立つ。

描き上がった似面絵を見やった佐和の目に、不安の色が揺らぐのを律は見た。

が、それもほんの一瞬で、佐和は立ち上がって勘兵衛をうながした。

「――では、私と勘兵衛は店に戻りますからね。お前もできるだけ早く戻りなさい」

「はい、女将さん」

頷いて涼太は、乾いたばかりの清次郎の似面絵に手を伸ばした。

八

その日のうちに律は清次郎の似面絵を更に十枚描いた。

吉原に行った涼太が八ツ前に戻って来て、収穫がなかったことを告げたからだ。

渋る佐和を涼太と勘兵衛が説得して、今井や保次郎にも相談する。

その後に、念のためにと涼太は伏野屋へ走り、香と一緒に帰って来た。

「父さまが倒れたなんて、お兄ちゃんが言うからびっくりしちゃったわ」

伏野屋を訪ねた涼太はまず「店の一大事」だと香に会い、清次郎がいないと知ると「父が倒れた」と嘘をついて香を連れて帰ることにしたのだ。

「仕方ねぇだろう。尚介さんだけならほんとのことを言ってもよかったが、お峰さんが一緒じゃ、ああでも言わねぇと。親父がなかへ行ったきり帰って来ねぇからとは言えねぇさ」

「そうねぇ……」と、今日は香も素直に同意する。

香を連れ帰ったのは佐和のためだったようだ。

香の手配りで、律と今井は青陽堂での夕餉に呼ばれた。

律は三度目の訪問だ。

描き上げた似面絵を持って座敷に上がると、佐和は昼前よりずっと厳しい顔をしていた。

吉原にいないとなると、事件か事故に巻き込まれたのか。

それともまさか本当に「囲い女」でも……？

清次郎のどこかにそんな素振りでもあったのだろうかと、言いだしっぺの佐和を律は時折窺った。

「広瀬さんも一枚似面絵をお持ちになりまして、奉行所の方で訊ねてくださるそうです」

「そうですか。ありがたいことです」

よどみなく佐和はそう言ったが、奉行所の者が見かけたとなると、なんらかの罪を犯して番屋や牢屋に留め置かれている者か、身元が知れぬ死体かといったところで、良い知らせになるとは思えなかった。

不安な目をした香をちらりと見やって涼太が言った。

「明日、私はもう一度中に行って来ます。中からうちへの道中で、誰か父さまを見かけた者がいないか探してきます」

「判りました」

「清次郎さんがよくお付き合いしている方々を教えてください。指南所から戻ったら、その方たちを訪ねてみますよ。何か手がかりが得られるかもしれませんから」と、今井。

「お手数おかけいたします、先生」

「あの、私も明日、旦那さんを探しに――」

今井に続いて律も言ったが、佐和は言下に首を振った。

「お律さんは結構です」

「でも、あの」

「お律さんにはもう充分していただきました。こんなに似面絵を描いてくださって、今日は仕事にならなかったことでしょう」

「それは……でも旦那さんの一大事ですし――」

「一大事などと大げさですよ。こんなことで、お律さんの仕事に差し障りが出ては申し訳ありませんから」

「そうとも。お律——さんにはご迷惑をかけました」と、涼太も小さく頭を下げた。

強い拒絶におののいたのも束の間だった。

女店主として青陽堂を切り盛りしている佐和である。仕事をおろそかにせぬよう、涼太も佐和から厳しく言われていたのを思い出して、大人しく引き下がることにした。

代わりに——と言ってはなんだが、律は翌日、文鳥の巾着絵に打ち込んだ。

表と裏で地色を変えることにしたから、いつもなら袋にするところを切り離す。

文吉の絵を入れる部分が染まらぬようにきっちり絞りを施して、まずは一枚目を伽羅色に染めた。着物の下染めは本職に頼まざるを得ないが、巾着程度なら家にある道具で充分だ。むらが出ないようしっかり染めてから、もう一枚を灰汁色に染める。

描き損じた時のために池見屋から余分の布を預かってはいるものの、律はそれぞれ一枚ずつしか染めなかった。もしも失敗したら地色から染め直しになってしまうが、先に予備を染めてしまうとどうしても胸の内に甘えが生じる。

また、書き損じを出して類に笑われるのはごめんであった。

一度で仕上げてみせる——

意気込んで筆を取った律だが、思い直して一旦筆を置いた。

違う。

意地だけでは「良いもの」にはならぬのだ。

下描きを並べて、しばし見入った。

一部屋丸ごと鳥籠として使うなど、文左衛門の熱の入れようは度を過ぎている。だが文吉を飼い始めたのは妻を亡くしてからだというから、のめり込んだのは寂しさを紛らわすためでもあったろう。雌を選ばなかったのも、妻への心遣いかもしれない。

文左衛門曰く文吉は「よき友人」で、甘えるだけでなく、時には止まり木でじっと文左衛門の話に聞き入ることもあるという。

――愚痴愚痴言ってるとそっぽを向かれることもあってねぇ。これじゃいかんと笑い出すこともしばしばさね――

犬猫に劣らぬ絆を示す文吉を思い出しながら、今一度筆を取り上げる。

時に厳しく、時に甘やかな、よき友人……

筆を変え、色を変え、ゆっくりと――だが夢中になって律は描いた。

手を止めた時に一度だけ、青陽堂の方を見やったが、すぐにまた没頭すべく筆先に目を落とした。

――あの女将さんとて、気が気ではない様子だった……

だがそれでも平静を装い、仕事をまっとうしようと努めている。

少なからぬ奉公人たちへの責任は大きい。女将の誇りや意地もあろう。

生まれ育ち、親から受け継いだ店への愛情も――

私は、私の仕事をきちんと務めよう。

一筆、一筆、丁寧に――

九

律は御成街道を北へ進み、不忍池(しのばずのいけ)まで行かずに西へ折れた。

池見屋より先に千恵の家を訪ねるつもりである。

文吉の絵を、池見屋に納める前に千恵に見せたいと思ったのだ。

会心の出来だというのもあるが、着物の下描きが描けていないこともある。「下描きがなくても、気が向いたらいつでも」と杵は言ってくれたが、やはり手ぶらでは訪ねにくい。

「まあ、なんて愛らしい!」

巾着の裏となる、目を細めた文吉の絵を見て千恵が声を上げた。

「こちらは雄々しくて……あら、でもこれは雄かしら? 雌かしら?」

表になる方へ目を移して千恵が訊く。

「雄です。雄の方が目の周りと嘴の赤が濃いそうで……」

使った赤色は、黒々とした瞳や他の地味な色合いをきりっと引き立てる真朱(まそお)だ。

「そうなのね。どちらもいいけど、こちらは本当に――」と、千恵は再度、裏になる方の絵に見入った。

「本物はもっと愛らしいんですよ。こう……文左衛門さんの手の上で丸くなって……」

手振りで示してみせると、千恵はますます微笑んだ。

「私も着物じゃなくて、巾着でも——ああ、ごめんなさい。巾着ばかりじゃ、お律さんはご商売上がったりね」

「巾着もよいのですが、着物の方がやりがいがあります」

「そうよね……それにしても、この文鳥は愛くるしいわ」

「旦那さまにお願いしてみてはいかがでしょう？」と、杵が口を挟んだ。「私のような年寄りだけでなく、小鳥でもいた方が気が紛れるかもしれませんよ？」

一瞬でも喜ぶかと思いきや、千恵は迷わず首を振った。

「駄目よ。文鳥なんて贅沢が過ぎるわ。着物のことだって心苦しいのに……」

着物は雪永が金を出し、周之助もよしとしている——ことになっている。

お杵さんは「旦那さま」にお願いしたらと言ったのに、着物のことを持ち出すのは違うんじゃないかしら——？

心苦しい、と千恵が言ったのは、周之助に対してなのか、雪永になのか、それとも両者へなのか、小さなことかもしれないが、千恵の心の機微が気になる律だった。

文鳥も、千恵が望むなら雪永は喜んで調達してくることだろう。

千恵が文鳥と着物を同じに考えているのなら、それは取りも直さず千恵が周之助――「旦那さま」――と雪永を混同しているからではなかろうか。

ふと思いついて訊いてみる。

「本物は難しいかもしれませんが、そんなに文吉がお気に召したのなら、着物も文鳥にいたしましょうか？　文鳥じゃなくても、駒鳥（こまどり）や鶯（うぐいす）なども絵になるかと思いますが……」

しかし千恵はまたしても首を振る。

「ううん。雪永さんが椿の着物をと仰っているのだから……そのようにしてください」

「判りました」

当の雪永は「なんでもいいから気に入った着物に」と言っているのだが、無理強いはすまいと律は頷くだけにとどめた。

椿にこだわるのは、周之助の好きな花ということもあろう。

が、それ以上に雪永へ心遣いをひしひしと感じるのだが、あまりうがったことは言うまいと、律はさりげなく話を変えた。

四日前に、文左衛門宅を訪ねた後――茶屋で女児が攫われそうになった話である。

「人買いなんて……怖いわ」

「ほんに……」

話を聞きながら、千恵と杵がかわるがわる相槌を打つ。

「でもおととい、人買い一味は千住宿で一網打尽になったそうです。そう、定廻りの旦那さまからお聞きしました」

昨日、今井宅に寄った保次郎が教えてくれたのだ。

「捕まった男が、仲間のことを白状したのです。幼女を攫った後、二人の仲間の内、一人は人買いの親分が待つ千住宿につなぎに走り、もう一人は『団子よりも酒がいい』と、お酒を買いに行っていたとのことです。酒を買った男は茶屋で仲間がしくじったことを知って、やはり千住宿に向かったそうで、結句お縄になったそうです」

「よかった……」

ほぅっと胸を抑えて千恵がつぶやく。

「ええ、本当に」

律が微笑むと、千恵はふふっといたずらな笑みをこぼした。

「お律さんの恋人は大活躍ね。お律さんも嬉しいでしょう？」

「それは……もちろん」

恋人、などと、他の誰かに言われたら真っ赤になってしまいそうだが、千恵の言葉には何故か素直に頷けた。

返事がやや遅れたのは、迷ったからではなく、涼太に次いで清次郎を思い出したからだ。

清次郎は依然行方不明のまま──今日で七日目であった。

佐和は内緒にしておきたかったようだが、人の口に戸は立てられぬ。吉原に行ったきり戻っていないことが、客や町の者の間で既に噂になっていた。

律の住む又兵衛長屋でも噂話は繰り広げられていて、昨夜も二軒隣りの甚太郎が「こりゃやっぱり女だな。それも若くてめんこい——女将とは似ても似つかぬ女だろうよ」などとつぶやき妻の勝と大喧嘩。又兵衛と今井が二人して仲裁に入ったほどだった。

青陽堂は相生町で一番の大店で、町の者の誇りである。清次郎の人柄をよく知る者は事故を憂えているのだが、中には浮気や駆け落ちを疑う者も少なからずいるようだ。

律はあれから佐和に会っていない。

しかし、いくらしっかり者の佐和とはいえその心労は想像に難くなかった。

「明日から師走ですね……」

なんにも——下描きさえできないうちに、霜月が終わっちゃう——

焦りと失望から律はつぶやいたが、千恵は反対にやや目を輝かせた。

「明日はまた雪になりそうよ」

「なんだか嬉しそうですね」

「ええ……もしも雪になったら、私、少し表へ出てみようと思うの」

何ゆえに？　と、律が問う前に千恵が続けた。

「先日、お話ししたでしょう？　雪永さんの雅号のこと……？」

不安げに窺う千恵に、律は急いで頷いた。

「お聞きしました。子供の頃から、雪が降ると時を忘れて空を見上げてしまうと――」

「そうなの。雪永さんとは長い付き合いなのに、雅号の話はこの間初めて聞いたのよ。初めてというのは本当よ。雪永さんがそう言ってたもの。ねぇ、お杵さん？」

「ええ、枯野見のお話のついでに雅号の所以を話されました。雪永さんが雅号をお持ちになられて十数年ですが、所以を話されたのは初めてでしたねぇ」

「そうよ。初めて聞いたのよ。それで私、次に雪が降ったら、同じようにしてみようと考えてたの。枯野見には及ばないかもしれないけど、時を忘れるほど無心になれたら、私の頭も少しは冴えるかもしれないわ」

――お千恵は自分でもなんだか変だと思っているんだよ――

――お千恵さんだっていろいろ考えておられるんです――

類や杵の台詞が思い出されて律の胸を締め付ける。

「あの……それならやはり、雪の中に咲く椿の意匠はいかがでしょう？」

己の描いた雪を抱く椿の絵を見て、千恵は何やら思い出し、少しずつ変わってきていると杵は言った。注文の際に「椿の意匠」「華やかな」などと言われたために花のことばかり考えてきたが、千恵の気に入ったものでよいなら、あの絵を着物に合うよう描き直したらいいのではないか？

だが、期待に反して千恵は力なく応えた。

「いいえ、あの絵は……あの絵はとても良いのだけれど、じっと見ているとなんだか胸が苦しくなるの……」

千恵にとって「椿」が周之助なら、「雪」はずばり雪永だ。

もしも千恵の記憶が戻りつつあるのなら、周之助と雪永、それぞれへの想いの間で板挟みになっているとも考えられる。

「つまらないことを申しました。あれでよければ、雪永さんは初めからそのように注文なさっていたでしょう」

それにしても――

あの絵を律は己の気持ちに重ねて描いた。父親を亡くして弟と二人きりになったというのに、仕事がもらえずにいた心細さに負けぬように描いたのだ。あの雪は律にはただ冷たくつらいものだった。類もそのように受け止めてくれたように思う。

千恵の感じる胸苦しさは、律があの雪に込めた暮らしの苦しさとは違う。

千恵が「雪」に見ている想いも。

子供の頃は無邪気に喜べた雪も、大人になった今は鬱陶しく厄介なものとなっていた。しかし雪永や千恵には希望や励みになるらしい。

己の意図が伝わらなかったという点では、絵師としてまだまだだと律は思った。あの絵は注文ではなかったのだから尚更だ。「良い絵」が「望まれる絵」とは限らぬことも、千恵の台詞で改めて思い知った。

——雪永さんはどう思ったかしら？

雪永は、椿は千恵の好きな花だと思い込んでいる。

己が「雪」で千恵が「椿」なら、あの絵を千恵に見せることで、己の想いが千恵の重荷になっていないか確かめたかったのかもしれない。

それとも……と律は頭を巡らせた。

雪に特別な心情があるのなら、雪永はあの絵に己の理想を見たのかもしれなかった。

お千恵さんに寄り添い、お千恵さんと共に暮らす日々を——

「……気を悪くさせたかしら？」

おそるおそる千恵が問うた。

「いいえ」

きっぱり言って律は微笑んだ。

「次に雪が降ったら、私もお外に出てみようと思います。雪見で無心になれたら、何か妙案を思いつくかもしれません。……なんだか雪が楽しみになってきました」

「私も」と、千恵の声が華やいだ。「私も楽しみよ」

「楽しみ、楽しみ、ってお二人ともこの寒いのに……」

火鉢に炭を足しつつ杵が呆れた声で言う。

「雪見はよいですが、風邪を召すのはよしてくださいよ……」

十

昼餉を馳走になってから、律は千恵と杵に暇を告げた。

来た道を少し戻り、不忍池沿いを半分ほどぐるりと歩いて池見屋を訪ねた。

「ふうん。表と裏で色を変えたのかい。――こりゃあ手間だったね。文左衛門さんも喜んでくださるだろう。せいぜい吹っかけてやろうかね」

明らかな賞賛の言葉ではなかったが、出来栄えに満足してもらえたのは、微かに緩んだ目元と口元――そしていつもの三倍の手間賃を包んでくれたことから知れた。

「今日はいつもの仕事しかやれないけど、二、三枚分、持ってくかい？」

「はい」

「花でも鳥でもいいさ。意匠はお前の好きにしな。ただし売れる絵を描いてくるんだよ」

「はい」

布を受け取って類と共に店先へ戻ると、新たな客が入って来た。

「これはこれは興八郎さん――」

打って変わったにこやかな顔で類が迎える。

　こうはちろう、と聞いて律は帰りかけた足を止めた。

「本日はどんなものをお求めで？」

「年明けの茶会に着て行く着物を仕立てようと思ってね……というのは口実で、お類さんの顔を拝みに来たんだよ」

「それならどうぞ、いくらでも拝んでってくださいな」と、類は笑った。「じゃあ、口実の方は籐四郎（とうしろう）に任せましょうかね？」

　籐四郎というのは二人いる手代の一人だ。もう一人の手代の名が征四郎だから紛らわしいが、二人とも類が見込むだけはある洗練された働き者だ。

「そりゃないよ、お類さん。お類さんに見立ててもらわないと」

　慌てて興八郎が言うと、籐四郎が苦笑をこぼした。

「そりゃないですよ、ご隠居。前に私が見立てたものは、評判だったと喜んでくださったじゃないですか」

「ああ、籐四郎。同じ藤の字のよしみがあるし、お前に任せたいのはやまやまだがね。この茶会の亭主は雪永さんなんだよ。だから是非ともお類さんに――」

「それなら致し方ありません。女将に任せて私は引っ込みますよ」

　同じ藤の字のよしみ、というからには、この男こそ、清次郎を吉原に連れ出した藤井屋の隠居の興八郎で間違いない。

「お律、何、突っ立ってんだい？　商売の邪魔だよ」

「申し訳ありません、女将さん。でも少しだけ……その、藤井屋のご隠居さんに訊きたいことがあるんです」

「なんだ、お律。お前、興八郎さんと顔見知りなのかい？」

「いやいや、このような娘さんを忘れるほど耄碌しちゃいないよ。お類さんちのお針子さんかな？」

「上絵師の律と申します」

名乗ってから律は、己が青陽堂の裏の長屋に住んでいること、清次郎の行方が未だ知れずにみんなが案じていることを話した。

「なんと、清次郎さんがまだお戻りじゃないとはね。あれきり何も言ってこないから、てっきりもうお帰りになっていると思っていたよ」

「言いにくいんだと思います……町でも、その、噂になっておりますから」

「噂というのは？」

「その……か、囲ってる女の人のところにいるんじゃないかとか――」

「うん？　それは無きにしも非ずじゃないか？」と、興八郎はにやりとした。「女遊びは付き合いだけだ――とは言っていても、何が起きるか判らないのが男と女さ。魔がさすということだってあるだろう。清次郎さんは入り婿だから、女を囲えるほど自由になる金は持っちゃいないだろうが……」

「が？」

「女の方が金持ちということはありうるぞ。うん。囲っている女のもとへ行ったんじゃなくて、女に囲われているのかもしれないな」

「そんな」

律がうなだれると、類が横から口を挟んだ。

「からかうのはよしてくださいよ、お律はまだまだうぶなんだから。女に囲われてるやもなんて――そりゃ興八郎さんの念望でしょう。そもそも囲われ者なんて、古今東西、若くて見目良い者に限られてます。興八郎さんもあと二十年、いえ三十年若かったら、どなたかが旦那――いや、おかみか――に名乗りを挙げたやもしれませんがね」

「二十年じゃ利かんかね。相変わらず手厳しいなぁ、お類さんは」

軽口も慣れっこなのか、興八郎は頬に手をやりながら苦笑した。

「それはさておき……お律さんとやら、私に訊きたいこととはなんなんだね？」

「興八郎さんが清次郎さんを最後に見たのは、その……吉原の中ですか？　外ですか？」

「中の中ではあったが、妓楼の外――引手茶屋の中だった」

ややこしい言い方で興八郎は応えた。

「駕籠を呼んでもらうまでに間があってな」

朝帰りの客に交じって一旦馴染みの引手茶屋まで戻り、駕籠の手配を頼んだのだという。

吉原に行ったのは興八郎を含む五人で、清次郎が他の三人に先に駕籠を譲ったため、五人のうちでは興八郎が最後に清次郎と言葉を交わした。

「その時、清次郎さんは仰ってませんでしたか？　何か——いつもと違うことを……」

「青陽堂でも訊かれたがね、清次郎さんはあまり女のことは話したがらないんだ。こっちもさっぱりした後だから、次の茶会はどうしようかだの、誰を呼ぼうかだの、そういう他愛ない話をしただけだよ」

「他には何も？　お気付きのことがあればなんでもいいので教えていただけませんか？」

「なんにもないよ。清次郎さんとは本当に茶会の話をしただけだ」

「茶会の話だけ……」

何か役に立てぬかと思って訊いてみたが、考えてみれば、この程度のことは既に涼太が問うているだろう。

「さ、もういいかね？　今日は私は茶会に着て行く着物を——ああ、そういえば」

「なんですか？」と、問い返したのは傍らで話を聞いていた類だ。

「前夜、引手茶屋で話しかけてきた男がいたな。座敷で私らが茶会の話をしてたのを小耳に挟んだらしい。茶の湯に興味があるらしく、清次郎さんが用足しに立った時に、廊下で長々とあれこれ訊ねていたから、他の客に迷惑だと私が助け舟を出しに行ったんだ。どうやら青陽堂の客らしい。だから清次郎さんも無下にはできずに困っていた」

「清次郎さんは知らない人だったんですね？」と、今度は律が訊ねた。

「うむ。清次郎さんは店に出ていないから。客をいちいち覚えちゃいないだろう」

「それで、その後は……？」

「それだけだ」と、あっさり興八郎は言った。

「それだけなんですか？」と、類。

「なんでも教えて欲しいと言ったじゃないか。そいつは私に邪魔されたのが気に食わなかったようで、翌朝通りすがりに睨んできたから、こっちも睨み返してやったよ」

子供のように困った声で言った興八郎に、律は慌てて問い返した。

「待ってください。翌朝もその男に会ったのですか？」

「会ったというか、見たというか……駕籠が来たと知らせがあって、清次郎さんが大門に向かった後に、そいつが茶屋の前を通りかかったんだ。こっちをじろりと見るもんだから、私も負けじと……」

「その男は一人でしたか？　それとも茶屋の人と一緒に？」

「一人だったから、きっと徒歩で帰ったんだろう」

「似面絵を描くので、その男の顔かたちを教えてください。今、筆を――」

矢立を取り出そうとした律に、類が言った。

「店先じゃ迷惑だ。奥を使うといい」

「似面絵なんて大げさだ。私は着物をあつらえるために来たんだがね」

面倒臭げに言った興八郎へ類がくすりと笑った。

「興八郎さん、このお律は雪永さんも一目置いてる上絵師ですよ。今も雪永さんの注文を受けて、腕によりをかけて特別な着物を仕上げてるところです」

「雪永さんの……」

「ええ、ですからここは一つ、お律にも見立てを助けてもらいませんか？　似面絵を描いたのちに……」

類は店主で興八郎は客だというのに、立場は類の方が上らしい。物言いは丁寧でも有無を言わさぬ風格が類にはある。

「むむ。お類さんがそう言うなら——」

渋々かと思いきや、満更でもない顔で興八郎が頷いた。

十一

明日から師走だというのに、店の中には活気がない。

否。表向きはいつもと変わらぬように見えるのだが、奉公人はまだしも、常連客までどこか遠慮がちに言葉を交わしているのが涼太には判る。

思わず溜息を漏らしそうになったが、番頭の勘兵衛の目配せを見てとどめた。

清次郎が吉原に行ってから今日で七日目、行方知れずとはっきりしてから三日目である。

佐和は黙々と仕事に励んでいるものの、三日前までとは様子が違っていた。

居続けだと思っていた時は、必要以上に仕事に精を出して苛立ちを抑えていたようなのに、今はすべきことだけをただこなしているように見える。

清次郎の——夫の——浮気を疑う噂は、佐和もとっくに耳にしている筈だった。

奉公人のほとんどは噂を鵜呑みにすることなく、清次郎の留守は仕事か旅かと考えているようだ。しかし、噂といえども奉公先を悪く言われるのは面白くないのだろう。昼過ぎには、冗談交じりに噂を口にした客を受け流せずに、手代の一人が声を荒らげる一幕もあった。

——躾が行き届かず……申し訳ありません——

涼太が駆け付けるより先に佐和が間に立ち、深々と客に頭を下げていた。

手代はすぐに奥で佐和から直々に叱責を受け、のちにうなだれて戻って来たが、叱られたからではないらしい。

——申し訳ありません、若旦那。私のせいで女将さんにあんな真似させちまいました。叱る元気が残ってたのには安心しやしたが、女将さんがあんなんじゃあ、こっちも張り合いがありません。旦那さんは一体いつお戻りになるんで？――

まだしばらくは、と応えるしかなかった。

律に似面絵を描いてもらってから、涼太は吉原と店を往復したし、今井も連日、清次郎と親しくしている者を訪ね歩いている。月番の保次郎も似面絵を懐に定廻りをこなし、毎日店に寄ってくれていた。

――それならせめて、店の者や町の人に、女将さんか若旦那からありのままを伝えていただけねぇでしょうか？　旦那さんのことは信じていやすが、私らは行き先もなんにも知らされてねぇ。だから店の中でも外でも勝手にあれこれいう者が……――

これにも涼太は、すまない、と応えるしかなかった。

――女将さんから口止めされてるんでね――

手代の言ったことは既に涼太も勧めていたのだが、佐和は頑なに拒んだままだ。

曖昧なことは言わずともよい、というのが佐和の言い分だった。

言えばかえって人を惑わせる、とも。

言わねば噂を助長させるだけではないかと反論してみたものの、今のところ確かなのは清次郎が七日間家を空けているということだけで、それはもう周知の事実であった。

佐和の言い分は豪胆だとは言い切れない。

声も所作も落ち着いたものだったが、言葉は奉公人たちへというよりも、佐和自身に向けられていたように涼太は感じた。

香は昨日のうちに伏野屋に帰していた。

少しでも佐和の慰めになれればと思って連れて来たが、いたずらに香の心を乱しただけだったようだ。涼太と佐和が店に出ている間に、香も心当たりを訪ねていたが、空振りに終わる度に不安が増してしまったらしい。

嫁ぎ先には今少し黙っているよう口止めしたが、清次郎が倒れたという嘘は遅かれ早かればれるだろう。

――いや、もうばれてるかもな。

青陽堂には日本橋界隈から足を運んで来る客も多い。茶の湯にかかわる――清次郎と親交の深い――者も数知れず、もう二つの茶会を断っていた。

ばれるのは仕方がねぇが、「嫁いびり」の余計なねたを与えちまったか……

香を憂いながら黙々と帳簿を確認していると、丁稚の六太が呼びに来た。

「若旦那。お律さんが、女将さんと若旦那にお目にかかりたいと」

「お律……さんが？」

律が店へ訪ねて来るとはよほどのことだ。

ましてや佐和も一緒にとなると、清次郎のことに違いなかった。

急ぎ座敷に行くと、佐和と律が向かい合って座っていた。

佐和が手にしているのは一枚の似面絵だ。

「仕事中すみません。念のため、こちらを早くお届けしたくて……」

「その似面絵は？」

「旦那さんに話しかけていた男のものです。その……吉原で……」

興八郎が律に語った話を聞いて、涼太はつい舌打ちを漏らした。

「藤井屋のご隠居め。ここではそんなこた少しも言わなかったくせに。それどころか、何やら色めいたことを臭わせて――」

妓楼へ一人で引き返したやもだの、囲い女がいるやもだのと佐和が言い出したのは、興八郎がそれらしきことをほのめかしたからだった。

「涼太」

静かだが真剣な声で佐和が問うた。

「この男に見覚えがありますか？　うちの客だということですが」

上下を返して己へ差し出された似面絵を涼太は見つめた。

考え込むほどではなかった。

「あります」

即座に応えると、佐和と律が目を見張る。

「二月ほど前にうちに来たお客です。顔に反してやけに逞(たくま)しい身体つきをしてたから覚えているんです」

男は顔立ちは似面絵通りだ。少しだけえらが張っていて、髭が濃いが、弧を描いた眉に座りのいい鼻と、悪くない顔立ちだ。目元はやや眠たげで、どことなく微笑んでいる唇が男を若く見せているものの、二十代ではなかろうと涼太は思っていた。

「背丈はそう高くないのですが、腕や脚ががっちりしてました。所作がいちいち角張っていたので、剣か槍でもたしなんだ人ではないかと。私が直にお相手したんじゃないんですが、確かに抹茶を買って行かれたような……」

男は興八郎を睨んだのちに、大門の方へ向かったという。

知る知らずはともかく、清次郎を追う形でだ。

前夜、話し足りぬように見えた男が、興八郎と別れた後の清次郎に再び話しかけるというのは充分あり得た。そうでなくとも、引手茶屋での清次郎の様子を聞くだけでも、何かの手がかりになるかもしれない。

可能性はほんの僅かでも、他にさしたる手がかりがないのが実情だ。律にもそれが判っているから、駄目で元々と思いつつ、興八郎に問うてくれたのだろう。

――潮時だ。

「女将さん、店の者を少しずつ呼んで話を聞いてみましょう。このお客のこともですが、旦那さんのことも……何か覚えている者がいるやもしれません」

そのためにはありのままを打ち明ける必要がある。

意を決して言った涼太へ、此度は佐和はゆっくり頷いた。

「……そうしてください。お前一人の方がみんなも話しやすいでしょう。私は表におりますから用があったら呼びなさい」

「はい」

涼太が応えると、「お律さん」と、佐和は律に向き直った。

「お気遣い、ありがとうございます」

深々と頭を下げた佐和を見て、涼太も慌ててそれに倣った。

「店先までですが、お送りしましょう」

そう言った佐和に続いて座敷を出た律が、ちらりと涼太を振り返る。

精一杯の謝意を込めて、涼太は強く頷いた。

十二

翌日——師走の朔日、七ツが鳴る少し前に涼太が長屋へ駆けて来た。

「先生！　お律！」

「どうした涼太？」

今井と同時に律も戸口から顔を出す。

何ごとかと思ったが、涼太の顔を一目見て、律たちは吉報を悟った。

「親父が見つかったんで」

辺りをはばかってか、小声で涼太は言った。

「おふくろが、お二人にも事情を共に聞いて欲しいと」

急ぎ青陽堂に向かった律たちはすぐに座敷に通されたものの、佐和と番頭の勘兵衛がいるだけで清次郎の姿は見当たらない。

「親父は、もう少ししたら広瀬さんと一緒に……」

涼太を遮るように、佐和が口を開いた。

「ご足労ありがとう存じます。夫は無事だそうです。大変お騒がせいたしました。お二人には並々ならぬお力添えをいただいたので、委細をお知らせしようとお呼びいたしました。さ、涼太、一体何がどうなっていたのかお話ししなさい」

佐和へ小さく頷いてから、涼太はみんなを見渡した。

「親父——旦那さんは、あの似面絵の——正清という名の男に囚われていました」

「囚われて？」

驚いて問い返したところを見ると、佐和もまだ詳しくは聞いていないらしい。

もしかしたら、と律は思った。

女将さんは一人で話を聞くのが怖かったのかもしれない……

「いや、囚われてたというのは言い過ぎかもしれません。旦那さんは傷一つ負っちゃいないんで、どうかご安心を」

「……続きを」

「はい」と再び頷いて涼太は、昨日律が去ってからのことを順序立てて話し始めた。

律が長屋へ戻ったのち、涼太は奉公人を四、五人ずつ呼び出し、清次郎の行方が知れぬことを告げた上で、何か心当たりがないかどうか、似面絵の男を見かけたことがないか訊ねてみたという。

すると手代と丁稚の数人が正清のことを覚えていた。正清は涼太が出かけている間や、店の奥にいる時などに幾度か店を訪れていたようだ。

「恥ずかしながら、私はさっぱり覚えておらず……」

「勘兵衛、それを言うなら、私とてまったく覚えておりませんでしたよ」

うなだれた勘兵衛を佐和が慰めた。

正清は常客ではなく、来ても抹茶を少し買うだけだったというから、相手をしたのは手隙の手代たちであった。

「手代たちが正清を覚えていたのは、外に伴の者を待たせていたからだそうです。身なりや仕草からして、伴を連れ歩くほどの身分には見えなかった、と。また半月ほど前に来た時には『旦那さんは名のある茶人だそうだが、教えを乞うことはできないか』と、帰り際に手代に訊ねていました」

清次郎は弟子を持たないと、手代はすぐさま応えたが、正清は食い下がった。

と、「旦那さま」と横から伴の者がとりなして、正清は渋々去って行ったという。

そのまま手代は店に戻ったが、ちょうど遣いから帰って来た丁稚が、すれ違いざまに伴の言ったことを覚えていた。

――正清さま、あまり無茶をされませんよう……私が梅乃屋に叱られてしまいます――

この「正清」「梅乃屋」という二つの名を頼りに、涼太は昨日のうちに正清の家を探り当てていた。

「家――といっても、正清の住処ではなく、家族の住む実家にあたる店なんですが」

梅乃屋は日本橋の少し南――どちらかというと京橋に近い、松川町にある乾物屋だ。店構えは青陽堂よりやや小さいが、場所柄、客足は一日中途絶えぬし、同じ町内に料亭をも営む豪商である。

「梅乃屋と聞いてまず思い出したのがこの店だったんですが、これが大当たりで……店を訪ねて名を名乗り、正清に会いたいと言うと、番頭が自ら奥へ通してくれました」

――正清さんがまた何か……？――

――また、と仰いますのは？――

どうやら取り次いだ者が早とちりして、涼太を日本橋の葉茶屋・玄昭堂(げんしょうどう)の者と告げたらしい。

「正清は霜月の半ばに、茶の湯の師匠だった人から師弟の縁を切られたそうです。この師匠を正清に紹介したのが玄昭堂で、ゆえに玄昭堂とも随分揉めたとのことでした」

「それで新たな師匠を探していたという訳だな」と、今井が合点した。

「ただし、この正清という男、随分な曲者(くせもの)で……」

「ほう。それは一体どのような?」

「伴の人——彦二(ひこじ)さんっていう、お年を召した方なんですがね。彦二さんは正清を一途なだけだと言いましたが、私にはとてもそうは思えませんでした。私にはただ身勝手で、薄気味悪い男としか……」

多少大げさに、清次郎が行方知れずになっていることと、それにはどうやら正清がかかわっているらしいと番頭に言ったところ、主に相談するから明日出直してくれと拝まれた。

一夜明けて、涼太はまず保次郎の屋敷へ赴いた。

己一人では埒が明かぬかもしれぬと懸念したからだ。

今日から非番の保次郎は、快く梅乃屋まで同行してくれた。定廻り同心が一緒なのを見て言い逃れはできぬと観念したのか、主が番頭と共に、正清の住む向島の屋敷へ案内した。

「向島とはまた店から遠い……」

つぶやいた勘兵衛に、「ええ」と涼太は頷いた。

「正清は幼い頃から、こうと決めたことは譲らない性質で、店の内外で何度もいざこざを起こしていたそうです」

七歳の時に、筆や文机、書き方にこだわるあまり、からかった子供へ文机を叩きつけたり、筆を一本残らず折ったりしたために、早々に指南所を追い出された。子守を兼ねた指南役をつけるも、正清はこれと決めた往来物だけを繰り返し読み写して、誰かが口を挟もうものなら烈火のごとく癇癪を起すので、指南役も三月持てばいい方だったという。

「二親は早くに正清を見限り、店は娘と婿に継がせると決めてたそうで……」

年頃になって、正清が女にのめり込まなかったのは不幸中の幸いだった。

代わりに正清が強い興味を示したのが剣術で、向島の剣術道場へ住み込みで引き取ってもらうことが決まったのが十六歳の時である。

道場の師匠の新右衛門とは馬が合ったらしく、また持ち前の「一途」さが功を奏して、正清は剣術に打ち込み、今春とうとう免許皆伝を果たした。

道場さえ建ててやれば、剣術の師匠として独り立ちできるのではないかと梅乃屋が期待したのも束の間だった。正清は勝手に道場を引き払い、ふいに梅乃屋に戻って来た。

免許皆伝で、剣術への興味が失せたというのである。

困ったのは梅乃屋だ。正清は店を継ぐことには無頓着だったが、いずれまた騒ぎを起こすことは判り切っていた。

新右衛門と相談し、まずは道場の近所に屋敷を借りて、目付代わりに店では気心の知れていた彦二を一緒に住まわせた。新右衛門、彦二、梅乃屋の面々は正清をなだめながら、何か正清が夢中になれるものはないかと模索した。

そうこうするうちに秋になり、正清がようやく興を覚えたのが茶道であった。

「それで梅乃屋は、玄昭堂のつてを頼って茶の湯の師匠を見つけたんですが、二月と経たずに追い出され、他に師匠の当てもなく……」

腐っていた正清を、「気晴らしに」と吉原へ連れて行ったのは番頭だ。無論、主に頼まれてのことである。翌朝、番頭は一人で梅乃屋へ戻ったが、これは正清が上機嫌で、帰りの伴は無用と言ったからだった。正清ももう三十路で、変人でも頭は悪くない。機嫌さえ損ねなければ人並みのことはできるのだから、ここは下手に逆らわない方がよいと判じた。

「大門を出た正清は、旦那さんの乗った駕籠を追って来て、見返り柳を過ぎた辺りで声をかけてきたそうです。『運よく長次郎(ちょうじろう)の茶碗が手に入ったから、是非とも見に来て欲しい』と持ちかけられたと」

律でも知っている長次郎は、ざっと二百六、七十年前――天正の頃に名を成した陶工だ。楽焼(らくやき)の創始者で、千利休(せんのりきゅう)と共に茶道の発展に大きく貢献した。

「面倒だと旦那さんは思ったそうですが、正清は店の客だというし、長次郎の茶碗なら一目見てみたいと、正清の屋敷を訪ねたのですが――」

そこには、茶道を始めたばかりとは思えぬほどの道具が揃っていた。正清の興味を損なってはならぬと、梅乃屋は正清が言うがままに道具を買う金を与えたようだ。

長次郎の茶碗はもとより、無銘でも二百年は経ていようと思われる天目茶碗や志野茶碗、宗哲に負けず劣らずの蒔絵の棗などがあり、清次郎は目を奪われた。比較的新しい水指や水次、建水、茶入れ、釜といったものも、それぞれ趣が感ぜられ、茶道具のことだけでひとき話に花が咲いた。

正清に頼み込まれて一服茶を点てることとなり、その後にこれまた望まれて、しばし作法を指南した。その間に彦二が新右衛門と共に酒肴を用意して、清次郎は断り切れずに一晩屋敷で過ごすことにした。

「正清は妙に悪知恵に長けているというか……彦二さんと新右衛門さんに悪気はなかったんです。正清が裏でこっそり彦二さんに、旦那さんに新しい師匠となってもらえるよう、もてなしの用意をして欲しいと頼んだそうです。玄昭堂との一件を知っていた二人は、気の合う師匠が見つかったのは喜ばしいと、精一杯の酒肴を揃えたそうで」

「しかし、旦那さんも遣いの一つでも寄越してくだされば」

「そこなんでさ――です、勘兵衛さん」と、涼太は続けた。「そこが正清の狡猾なところなんです。黙って泊まるとうちが心配すると旦那さんも気にしてたんで、正清が一筆したためて、若い者を走らせようと道場へ赴いたそうです」

「ですが、うちには何の知らせもありませんでしたが」と、佐和。

「何故なら正清は道場には行ったが、門弟と挨拶を交わしたのみで、文は誰にも渡さずに戻って来たからです」

「なんとまあ」と、勘兵衛が呆れた声を出した。

二日目、清次郎は枯野見に誘われた。

一度は断ったが、この頃には既に不穏な気配を清次郎は感じ取っていたという。正清は半ば強引に清次郎を枯野見へ連れ出し、道中、匕首（あいくち）をちらつかせて脅した。

己が茶道を究めるまで屋敷にとどまり、指南を続けて欲しいというのである。

「もしも逃げたら――誰かに口外しても――彦二さんを殺す、と」

「なるほど、狡猾な男だな」と、今井が眉をひそめる。「赤の他人とはいえ、己のために誰かが殺されるとなればそう簡単には逃げられぬ」

正清の脅しが本気かどうか、清次郎には量りかねた。人並みの情はあると信じたかったが、正清が常軌を逸しているのは明らかだからだ。また、己より二十も若い免許皆伝の剣士から腕づくで逃れられるとは到底思えず、清次郎は屋敷にとどまることを了承した。

表向きは穏やかな――町の喧騒（けんそう）から離れた、ある種、茶道にふさわしい日々が続いた。

脅されたのは夢だったかと思うほど、正清は従順に清次郎の指南に従った。また正清はほんの二月ほどの間に茶道に関する書物を片っ端から読んでいたそうで、折々に素人とは思えぬ薀蓄を披露して清次郎を驚かせたという。

四日目までは、清次郎は遣いの文に望みを託していた。

いくら主——正清——が文を寄越したといっても、三日も経てば佐和や涼太が一度は様子見を兼ねて挨拶に来ると思ったからである。

五日、六日と経ってようやく、遣い自体に疑問を持った。

——とすると、私はまったくの行方知れずということに——

助け出された清次郎は、己の懸念が当たっていたと知って苦笑したと涼太は言った。

「何が『まったくの行方知れず』ですか。まったく呑気なんだから……」

呆れ声の佐和だが、その目は安堵で満ちている。

涼太たちが屋敷に着いた時、二人は茶は茶でも庶民に人気の煎茶道について語り合っていた。本物の師弟と見紛うほど和やかだったそうだが、突然揃って現れた梅乃屋の主——正清の父親——と番頭、涼太、保次郎を見て、正清は激昂して立ち上がった。

しかし、己を静かに見上げる清次郎に気付くと、すぐにそっぽを向いて黙り込んだ。

「彦二さんが道場へ走って、新右衛門さんを連れて来て——」梅乃屋の旦那や番頭と揃って頭を下げて……その、このことは表沙汰にしないでくれと……」

「……それで、あの人は許したのですね」

「少なくとも茶の湯に対する熱意は本物だから、と」

「みなさまにこれだけご迷惑をおかけしておいて……甘いんですよ」

「そうでもないですよ、女将さん」

不満げな佐和へ、小さく笑って涼太は応えた。

「見捨てないでくれ、と追いすがった正清に、旦那さんはきっぱり言いました」

――侘びだの寂だの数寄だのいわれていますが、もてなしこそが茶の道だと私は習い、そう思っているとお伝えしましたね？　客に限らず、時には一人で、己をもてなすことも乙なものです。だがあなたはご自分をもてなすことしかご存じない。茶の湯を究めたいと仰るなら、まずは新右衛門さんと彦二さんを大事にされますように。お身内でもないのに、ここまであなたに親身になってくださる方々です。それができぬというなら、茶道具屋になってはいかがかな？　あなたの点てる茶は今一つだが、道具を見る目は確かです――

「何を、呑気なことを……」

もごもごとつぶやく佐和の横から今井が言った。

「それにしても、清次郎さんは遅いじゃないか」

座敷に呼ばれてから既に半刻は経っている。

「広瀬さんがついてるなら心配ないだろうが、そもそもどうして別々に帰って来たんだね？女将さんに早く知らせたいのは判らんでもないが、清次郎さんだって一刻も早く帰って来たいだろうに――」

「それが……旦那さんは、帰る前に湯屋に行くと言ってきかなかったんで」

「湯屋に？　広瀬さまとご一緒にですか？」

眉をひそめたということは、佐和も知らぬことだったようだ。

てっきり後始末に手間取っているものと思っていたから、律も驚いた。

「湯屋に紛れ込まれたら逃げられると思ったのか、正清は湯屋に行くのは拒んだそうで。八日間、たらいの行水のみで大層つらかったと、旦那さんが……」

「莫迦莫迦しい」と、佐和。

「しかし……」

「しかしなんですか？」

「花街からの帰りに湯屋へ寄るのは旦那さんの譲れぬ習わしだそうで……湯屋で白粉を綺麗さっぱり落としてからでないと、女将さんに合わせる顔がないと――旦那さんが」

「……莫迦莫迦しい」

繰り返して佐和は言った。

「正清という男のことを言えませんよ。変なこだわりを持っているのはあの人も一緒です」

憮然として佐和が口を結んだ時、廊下を駆けて来た六太が呼んだ。

「女将さん！　旦那さんが――」

すっくと立ち上がり、座敷を出た佐和の後へ律たちも続いた。

廊下の向こうに保次郎に伴われた清次郎の姿が現れる。

脅されていたとはいえ、屋敷でそれなりのもてなしを受けていた清次郎だった。やや疲れた様子は見えるものの、佐和のようにやつれてはいないし、湯上がりだけあって血色もいい。

「やあ……心配かけたね。どうもすまない」

深々と頭を下げた清次郎を見て、佐和は立ち尽くした。

「やあ、ってあなた……」

「や、その、まことに申し訳ない。まさかこんなことになるとは思わなかったんだ」

「そりゃそうでしょうよ」

六太と共に末尾にいる律には佐和の顔は見えない。

が、震える声は見ずとも判る。

「……ご無事で——何よりでした」

清次郎がはっとして一歩踏み出した。

ぐらりと佐和の背中が揺れた。

「お佐和！」

「女将さん！」

清次郎と勘兵衛が口々に叫ぶ中、ゆっくりと前のめりに倒れる佐和を涼太が抱き止めた。

第四章

雪華燃ゆ

一

佐和が床に臥せって五日が経った。

涼太の知る限り、こんなに長く母親が寝込んでいたことはない。風邪を引くことも滅多にないし、引いても一日休めばけろりとしていた。

行方知れずだった清次郎は八日目にして無事に戻って来たが、佐和の心労は涼太の想像以上だったようだ。

滲み出る不安は感じていても、まさか倒れるほどとは思わなかったから、涼太と清次郎を始め、青陽堂は一時騒然とした。

医者の見立てでは命に別状はなく、佐和も二刻ほどして目を覚まして一同を安堵させた。しかし、立ち上がる度に頭痛と眩暈(めまい)に襲われるようで、この五日間、床を離れるのは厠への往復のみ、それとて女中に伴われてのことである。

頭はしっかりしているが、顔にも声にも覇気(はき)がない。日中もまどろんでいることが多く、思うように言葉を交わせぬのがもどかしい。

致し方ない。今はゆっくり休んで欲しい――

そうは思うものの、こういう時に限って次から次へと女将の采配を仰ぎたくなる事柄が出てくるものだから、涼太は番頭の勘兵衛と共に頭を悩ませていた。

勘兵衛は丁稚から番頭まで勤め上げて三十年超えの、奉公人では最古参だ。涼太ももう十年も奉公人に交じって働いてきたため、店を回せないこともない。

しかしこれも師走ならではか、大口の得意客が急に注文を違えてきたり、仕入れの大幅な遅れが発覚したりと、日に一、二度は何かしら決断し難いことが起きていた。

いつもならすぐに問えることも、佐和の様子を見つつで対応が遅れがちになっている。

また、自分だったらこうするだろう、と考えながら佐和に伺いに行くのだが、佐和の答えは毎回僅かに己のものより優れていて、涼太は己にがっかりしていた。

芝居や買い物に行ったりと、これまでも一日なら女将不在の時はあった。

ゆえに初めの一日はそうでもなかったのだが、二日、三日と続くうちにその存在の大きさをひしひしと感じるようになっていた。

これだけは平気だろうと思っていた注文や品出しでも、ふとしたことが忘れられていて、佐和ならもっと早く気付いたのではないか、先回りして注意していたのではないかと、悔やむことが幾度か重なった。

あれもやれ、これもやれ、と、小言めいて言われるのは煩わしいと思っていたが、五日目にして見渡してみると、何やら店全体が雑然としていて途方に暮れる。

何より客の手応えが思わしくない。

女将——店主——が相手でなければよしとせぬ者が少なからずいるのである。

店を継いで店主となれば、彼らの涼太への扱いもまた違ったものになるのだろう。だが今はまだ己は所詮「若旦那」で「店主」ではないのだと、涼太は改めて思い知らされた。

加えて不在の理由が「病」というのもよろしくなかった。季節柄、風邪ということにしてあるが、先だっての噂を聞いていた者にはあれこれ勘繰られても仕方ない。

奉公人は一丸となって尽くしてくれているのだが、目に見えて気負っている様子が逆に己の頼りなさを表しているようで何とも情けなくなる。

親父は当てにならねぇし……

清次郎は、断りを入れた茶会の亭主に謝りに行った他は、家でひっそりと過ごしている。女中に佐和のために水菓子を買ってくるよう申し付けたり、床の間の火の番を買って出るなど、夫としては精一杯気遣っている。だが経営には一切かかわってこなかったため、店に関してはほとんど頼りにならないのだった。

「涼太、一服どうだ？」

夕餉の後で清次郎は茶に誘ってきたが、涼太は小さく首を振った。

「これから帳簿を検めるんで……」

「そうか」

短く言って頷いた清次郎の目にも声にも労いが込められている。

こんな時こそ、茶でくつろいだ方がいいのは判っている。

葉茶屋の跡取りなら尚更、そうしてしかるべきではないかとも思う。

思ってはいるのだが――それができぬ己のせせこましさが情けない。

帳簿の確認を始め、茶を飲んでいる合間に片付けられることがいくつもあるのだ。

一手代として裏方に徹することができるのなら、多少の夜更かしも構わないのだが、「若旦那」として店の表に立っている以上、疲れた顔は見せられない。

帳場に行くと、夕餉を済ませた勘兵衛が既に来ていて、行灯に火を入れていた。

――茶といえば昼間、勘兵衛がやはり気遣ってくれ、今井宅で一休みしてはどうかと言ってきた。

佐和が倒れてから今井にも律にも会っていないから、ほんの少しならと、その気になって涼太は出かけてみた。

あいにく今井は不在だったが、己の足音に気付いたのか、隣りから律が顔を出した。

一瞬、律と二人きりで茶のひとときを過ごそうかとも思ったが、冬場で各戸は閉じられているとはいえ、他の住人がどうも気になる。

戸口で佐和の具合や店のことを訊かれるままにしばし話したのち、微かに律が躊躇った。

――なんでぇ？　何か心配ごとか？――

てっきり己を案じてくれているのかと思いきや、当てが外れた。

――あの……先生のことで相談があるって言ってたでしょう？――

――えっ？――

――ほら、先日女将さんとお話ししてた時に……先生、大丈夫かしら？――

言われてやっと思い出した。

律と仕事中に会ったことを佐和に責められそうになったので、とっさについた嘘である。

まさか真に受けていたとは思わずに、涼太はつい憮然としてしまった。

そんな筈がないだろう。

あれはただの方便だ――

そう応える前に、小走りに足音が近付いて来て丁稚の声がした。

――若旦那、すみません……勘兵衛さんが、急ぎの用事があると――

――判った。今行くよ。お律、先生のことはもういいんだ。気にするな――

それだけ言って帰って来たものの、去り際に律が目を落としたのが気になった。

……が、今はそれどころではない。

「すみません、遅くなりました」と、涼太は勘兵衛に頭を下げた。

「いえ、ちゃっちゃと済ませちまいましょう」

頷いて涼太は帳簿を開いた。
夜が更けぬうちに——また油を無駄にせぬように——今すべきことを、早く片付けてしまいたかった。

二

下描きを一枚携えて律が椿屋敷を訪ねたのは、涼太と会った翌日だ。

千恵に会うのは霜月末日以来で、七日ぶりである。

朔日は清次郎の騒動で慌ただしく過ぎたが、二日目からは律は再び仕事に励んでいた。池見屋でもらった巾着絵を二枚仕上げて、雪永から借りている椿の画本も半分ほど写し終えている。

「お律さん、いらっしゃい」

微笑んで千恵は迎えてくれたが、その笑顔はどこか弱々しい。

しかし杵がちらりとこちらを窺うのを見て、律は努めて平静に微笑み返した。

何かあったようだが、後で杵に訊ねることにして、律は座敷で下描きを広げた。

主に裾と袖下に赤い侘助と葉を散らした、簡素な意匠である。

地色は母親の桔梗の着物を真似た白鼠色だ。

その銀も裾下から徐々に薄くしていき、胸から上は白練色（しろねりいろ）を残そうと思っている。花の赤は派手にならぬように小豆色にした。が、これも濃淡を変えて、一つ一つ凝った絵にしようと、別の紙に実物大の花を一輪、色付きで描いてきた。

「見事だわ……流石、お律さんね」

賞賛は本物に聞こえるが、千恵が無理をしているのは明らかだ。

胸が苦しくなる、と、雪と椿の絵を拒んだ千恵だった。

それでもそこに——友愛であれ、感謝であれ——雪永への想いを感じたからこそ、律は此度は雪の代わりに地色を白にしてみようと思い立った。花の色を抑えたが可憐さは失われていないし、地色も真っ白にしなかったことで年相応の粋が出せると考えた。

「……でも、やはりお気に召してはもらえなかったようですね」

「そんなことないわ。これでお願いします。雪永さんも喜ぶに違いないわ」

「いいえ、お千恵さん」と、律はやや声を高くした。「雪永さんは、お千恵さんに喜んで欲しいんですよ」

「私は……私は、雪永さんに喜んで欲しいわ。雪永さんだけじゃないわ。お律さんや、お杵さん、お姉さんにも喜んで欲しいのよ。でも私はなんにもできないから……」

一瞬迷ったが、律は思い切って訊いてみた。

「お千恵さん、何やら気がかりなことがあるようにお見受けいたします。私では頼りにならないかもしれませんが、よろしければお話しいただけませんか？」

もしかしたら止めに入るかと思った杵も、律と一緒に千恵を見つめている。

「気がかりなんて――」

しばし千恵は躊躇った。

が、やがておもむろに口を開いた。

「先日、雪を眺めていたら……ほら、次に雪が降ったら、表へ出てみるって、お律さんに言ったでしょう？」

「ええ。そういえば、朔日の夜に少し……」

尻すぼみになったのは、己も外に出てみるなどと、千恵には調子のいいことを言っておきながら、倒れた佐和が心配で、翌朝になるまで雪見のことは思い出さなかったからだ。

「そうよ。夕刻から少しずつ降り出して……表へ行こうとしたら、お杵さんに止められて」

「そりゃ止めますよ。昼間ならともかく、これからどんどん暗くなる時刻でしたから」

杵が言うと、千恵はようやく自然な笑みを見せた。

「仕方がないから縁側から雪を眺めたの。暗くなってからは、お杵さんに頼んで庭の灯籠に火を入れてもらって」

「お寒いのに、もう……こちらこそ仕方がないから、綿入れを三枚も引っ張り出して羽織ってもらいましたよ」

「お杵さんはほんと寒がりなんだから。でもおかげさまでゆっくり雪見ができたし——少し思い出したのよ」

「思い出したって、何をですか？」と、問い返したのは杵だった。

とすると、杵も初めて聞いたのだろう。

「……昔のことよ」

杵と律を交互に見やってから、千恵は続けた。

「私が十だったから、雪永さんは十八で——既にうちの上得意だったわ。私はお姉さんと違って店への出入りは許されてなかったけど、行き帰りに見かけた時は、私にもちゃんと挨拶してくれた。あの頃は、雪永さんはいつかお姉さんと一緒になるんじゃないかと思って、お姉さんを羨ましく思ったものだわ。それくらい小粋な美男だったのよ。ああ、今がそうじゃないというんじゃないのよ」

そう言って千恵は微苦笑を漏らした。

今の雪永も顔立ちは整っている方である。だが、年相応に肉付きのよい身体つきで、粋人としての物腰や貫録があるから、「美男」という言葉はそぐわない。

「あの年、ちょうど今くらいの師走の初めに、結構な雪が降ったのよ。私は近所の子供らと雪合戦をして、帰って来てから一人でだるまを作ろうとしたんだけれど、その頃には手が冷え切っていて……こんなんじゃだるまができないと泣いてたら、お姉さんと雪永さんが代わりに作ってくれたのよ」

「ああ、それなら私も覚えていますよ」と、杵。「あの後、お手々がしもやけでぷっくりとして、今度は痒い痒いとお泣きになって――」

「もう、お杵さんたら！　余計なことは思い出さなくてもいいのよ」

わざと拗ねた声を出してから、千恵は懐かしげにはにかんだ。

「あの後……雪永さんが手袋をくれたのよ」

「ああ、そういえばそんなこともありましたね」

「そうよ。これがあれば冷たくないよって、桜の縫箔が入った手袋だったわ……」

十歳の千恵を想像するのは難しくない。今もそうだが色白で、可憐な少女だったことだろう。寒さ云々はこじつけで、雪永は千恵の愛らしさに桜を重ねていたのではないだろうか。

雪永が千恵を女性として意識し始めたのは、もっと後のことである。千恵が「羨ましく思った」と言ったように、若き日の雪永はもしかしたら、同い年の類の方に気があったとも考えられる。

その頃はむしろお千恵さんの方が、雪永さんを憧れの君のように見ていたのかも……

つい一月ほど前、やはり似たような年の差があったせんという女に、ほのかな好意を示した慶太郎を律は思い浮かべた。

「――雪永さんは桜がお好きなのかしら？」

ふいに問われて、律は千恵を見つめ直した。

「飛鳥山（あすかやま）までお花見にいらっしゃるくらいだから、お好きなことは確かでしょう」

春に花見に誘われたことを思い出しながら、律は応えた。

だが「花」といえば主に桜を指すほど、桜は民人に愛されている。

「――しかし、桜を嫌う人は滅多にいませんから、格別お好きかどうかは判りかねます」

「そう……そうよね。雪永さんは椿の話はよくなさるけど、雪永さんの好きな花をお聞きした覚えがないわ。それとも私が覚えていないだけかしら？」

「いいえ、私もお聞きしたことはありませんよ」と、杵も小首をかしげる。

「雪永さんがお好きなら、桜の着物もよいかと思ったのだけど……だってほら、舞い散る桜の花びらは、雪に見えないこともないもの」

「そうですね」

なかなかの妙案だと律は相槌を打ったが、横からすぐに杵が言った。

「でもお千恵さん、桜の着物ならもう既に一枚いただいているじゃないですか」

「え？　ああ、そうだったかしら？」

「そうですよ。あれですよ。灰紫色（はいむらさきいろ）の――」

「ああ、そうだったわ。あれも雪永さんからの贈り物だったわね」

千恵は嬉しげに頷いたが、振り出しに戻って律はややうなだれた。

「お茶をもう一杯いかが、お律さん？　……ああ、お茶請けが干菓子だけでごめんなさい。お饅頭でもあればよかったのだけど……」

気遣う千恵に、律は慌てて手を振った。

「いいえ、干菓子だけでも充分です」

「でも、私は何やらあんこが食べたいわ」

ねだるように言う千恵に、杵が目を細める。

「お饅頭なら、お湯が沸く間に、近所の菓子屋で買って来ますよ」

「悪いわね、お杵さん」

しかし、一旦座敷を出た杵はすぐに戻って来て言った。

「表は雪ですよ。降り始めたばかりです。積もらないうちに、お律さんはお帰りになった方が——」

「そんなのつまらないわ。なんなら泊まってもらえばいいじゃない」

「何を子供のようなことを。もしも一晩中降ったら、明日お帰りになる方が大変です」

「だって」

千恵は不満げに口を尖らせたが、律は暇を告げることにした。

「私もお饅頭を買ったらすぐに戻りますから」

杵は言ったが、千恵はがっかりしたまま首を振る。

草履を履いて戸口を出ると、ひらりと雪がひとひら律の手に止まった。

大きめの雪片だが、牡丹雪というには一回り小さい。

まだ降り始めで勢いはなく、見上げると、先ほど千恵が言った通り、舞い散る桜のようである。見送りに出て来た杵や千恵と共に、ほんのしばし空に見入っていると、「あ」と、溜息のごとき微かな声を漏らして、千恵が落ちて行く雪片に手を伸ばした。

受け止めた雪片は、千恵の華奢な手のひらの上でみるみる溶けていく。

手のひらをじっと見つめる千恵は真顔で、ふと、饅頭は杵に外出してもらう口実だったのではないかと律は思った。

先日思い出したのは、手袋のことだけではなかったかもしれない。

何かお杵さんには話しにくい――問い難い――ことがあったのでは……?

顔を上げた千恵と目が合った。

「捕まえても捕まえても……すぐに溶けていってしまうのよ」

困った声で千恵は言ったが、雪を見やる目は愛おしげだ。

閃いて律は言ってみた。

「――雪華はどうでしょう、お千恵さん？」

「せっか？」

「雪の華です。雪はよく見ると、一つ一つ花のような形をしているんです」

「花のような……？」

ぴんとこない様子の千恵に、律は微笑みながら頷いた。

「ええ。近々見本をお持ちします。しばしお待ちください。ああ、雪永さんにはご内密に。お気に召すかどうか、まずはお千恵さんに見て——考えていただきたいんです」

借りた傘を開くのももどかしく、門を出た律は家路を急いだ。

早く家に帰って、思いついたばかりの意匠を描きたかった。

三

幸い雪は積もらぬうちにやんだが、翌日は大寒（だいかん）の名にふさわしい寒さとなった。

にもかかわらず、頭巾を被り、襟巻をしっかり巻いてから律は銀座町へと向かった。

伏野屋を訪ねると、香が目を丸くして出迎えた。

「どうしたの、りっちゃん？　この寒いのに——」

「ちょっと折敷を見せてもらいたくて……」

「折敷？」

「雪華模様の折敷があるって、前に香ちゃん話してたでしょう？」

香の舅の幸左衛門が、雪見酒のために買い求めたという蒔絵の折敷だ。黒塗りに金銀の雪華が描かれているのだと、香が嫁入りして最初の冬に聞いた覚えがあった。

理由を話すと、香はすぐさま幸左衛門に伺いを立てて、折敷を借りて来てくれた。

六つの違う雪華を律が写すのを見守りながら、香が言った。

「確か、そういう本がなかったかしら?」

「雪華図説ね。でも貸本屋さんにあるかどうか……」

雪華ばかりを描いた画本があるのは律も知っていたが、見たことはない。貸本屋が扱う本は草双紙(くさぞうし)――絵入りの娯楽本――が主で、たとえ画本を置いていたとしても、貸出料は草双紙の何倍もすると思われる。

「それこそ、雪永さんなら持ってらっしゃるんじゃ?」

「ええ、雪永さんならおそらく。でも、お千恵さんがよしとするまでは、雪永さんには秘密にしておきたいの。万が一、気に入らないと困るから……」

千恵が人妻だとは――そう思い込んでいるとは――香は知らない。ただ、懇意にしている呉服屋の女将の身内とはいえ、男が女に着物を贈るにはそれなりの理由があると察してはいる。雪華は否応なく雪永の雅号を思わせるし、もしも千恵が下描きをよしとしなかったら、いい気はしないだろうと、香も納得したようだ。

似たような理由で、雪華の図案を求めて類を頼るのも避けたかった。

類が己と同じように願っているのは、訊かずとも判る。千恵がいつか正気に戻り──雪永の想いが通じる日がこないだろうか、という願いだ。

「この写しだけでも下描きはできるから平気よ。ありがとう、香ちゃん」

「でも……そうだ！　りっちゃん、藍井に行きましょうよ」

「藍井に？」

「前に雪華の櫛を置いてたわ。りっちゃんには帰り道だし、いいでしょう？」

どうやら香が出かけたいらしい。

「表はとっても寒いのよ」

「平気よ。今、頭巾と襟巻を取って来るわ」

こういった時の香は素早い。さっさと支度を済ませると、律をうながして外に出る。

伏野屋の前を通りかかると、中にいた尚介が気付いて目を見張った。

香が会釈するのに倣って、律もちょこんと頭を下げる。

尚介が苦笑を漏らすのを見て、律たちも笑いながら藍井を目指した。

あいにく雪華模様の櫛は既に売れてしまっていたが、がっかりしていると、店主の由郎が興味を示した。

「そんなにあの櫛がお気に召したのでしたら、職人に言ってもう一枚作らせましょうか？」

律が藍井を訪ねるのは初めてだ。律には敷居の高い店だが、香は何度か訪れているらしく、由郎が声をかけてくれたのは、香を「伏野屋の若おかみ」と知ってのことだろう。

役者顔負けという噂に違わず、由郎は色白で、物腰の柔らかい美男であった。京の出だと聞いているが、二言三言は語調は違っても、江戸者と変わらぬ言葉を使っている。由郎の顔貌よりも、上方がもてはやされている日本橋で、あえて京言葉を使わぬところに律は好感を持った。

「いえ……実は私は冷やかしで、雪華の模様が見てみたかっただけなんです」

正直に言ったが、由郎は嫌な顔一つしなかった。

「お律さんは上絵師なんですよ。此度はあの雪永さんから着物の注文を受けて、雪華の絵を入れようかって話しているところなんです。——ああ、雪華のことは雪永さんにはまだ内緒なんですけれど」

香が言うと、由郎は更に興味深げな顔をして微笑んだ。

「雪永さんの注文なのに、ご本人には内緒なんですか？　雪華の意匠となれば雪永さんも喜ぶでしょうに」

「そうなんですけど……今はまだ秘密にしておきたいんです。いろいろ事情があるんです。ね、りっちゃ——お律さん？」

「ええ。その、いろいろ事情が……」

言葉を濁すと、由郎は今度は律に問うた。

「上絵師というのは本当ですか？」

「本当です」

口だけでは信じてもらえぬかもしれぬと思い、律は写したばかりの雪華の絵を見せた。定規もぶん回しも使わずに写したが、線も角度もしっかり描けている。

「ふむ……」

軽く目を見張ってから、六つの雪華を一つずつじっくり眺めて由郎は言った。

「事情とやらは教えてもらえないんですね？」

「それは――」

「だが、二人して私を担いでいるという訳でもなさそうだ。女の上絵師さんにお会いするのは初めてです。――よろしければ、雪華図説をお貸ししましょうか？」

「雪華図説をお持ちなんですか？」

驚いて問い返すと、由郎はにっこりとした。

「よく出来た写しですがね。しかし、お律さんは雪華を使って、どういった着物にしようとお考えなんですか？」

他人に意匠を教えるのは躊躇われたが、香の友人とはいえ、一見の己に画本を貸してくれるというのである。また、「粋」が揃う日本橋で繁盛している小間物屋の主人に、己の思いつきが通じるかどうか、試してみたいという気持ちが湧いた。

「……地色は深緋(こきひ)か濃紅(こきべに)。濃淡を変えて、肩から背中は濃く、裾の方は明るくしようと思っています」

「ほう」

「雪華は白抜きで半寸からせいぜい一寸半ほどの大きさにして、前の帯下から裾までと右手の袖の裏に多めに……背中はこう、右肩から左へゆったりと弧を描くように散らそうかと」

手振りを交えて律が言うと、由郎は顎に手をやった。

「——雪永さんがお召しになる着物じゃないんですね。贈り物とすると——色白で細く、美しい女性……あの雪永さんが小娘を相手にするとは思えないし、色合いからすると、年の頃はお律さんより少し上から三十路辺り。物静かで、儚げで——それでいて胸の内の想いは熱く……慕情、恋情、切情……なるほど、深い事情がありそうだ」

「どうして——」

由郎の推察に、今度は律が目を見張る番であった。

くすりと笑って由郎は応えた。

「少しは当たっておりましたか？　こういう商売ですから、物から人柄を推し当てるのは得意な方です。……しかし地色に濃淡を加えるとかなりの手間だ。下染めはどちらに頼むつもりなんですか？　なんなら、腕の確かな者を紹介いたしますが？」

「下染めは……」

ちらりと香を見やってから律は言った。

「その、井口屋という糸屋さんに頼もうと思っています」

「基二郎さんに？」

案の定、香は不満げな顔をした。

「ええ。基二郎さんは近頃反物も染めてらっしゃるし、雪永さんもご贔屓よ。ご自分で染料を作ることも多いから、きっと私が考えている通りに染めてくださると思うの。だからまずは基二郎さんに頼んでみるつもりよ」

昨日、帰り道で既に決めていたことである。

「でも……」

むくれる香をよそに、由郎は微笑んだ。

「それなら安心しました。基二郎なら、上手く染めてくれるでしょう」

「基二郎さんをご存じなんですか？」

「ええ」と、由郎は頷いた。「江戸に来てからは会ってないんですが、昔、京で何度か。私は京の出で、基二郎はしばらくあちらで修業していましたからね」

「そう聞いております。京の染物屋さんで修業していたと」

「そうなんです」

穏やかな声で由郎は言ったが、瞳がやや意味深になった。

「あの頃はまさか、基二郎が江戸に戻るとは思いませんでした。まあ、私が江戸で店を開くことになったのも、思いも寄らぬことでしたがね……しかし基二郎はてっきり、京で身を固めると思っていたものですから」

「基二郎さんが？　もしや許嫁でもいらしたんですか？」

むくれ顔はどこへやら、心持ち声を高くして香が問い返す。

「いましたよ」

こともなげに由郎は応えた。

「修業先の染物屋――『多賀野』という名の店なんですがね。そこの一人娘と恋仲だったんです。だから基二郎はあのまま多賀野に望まれて、婿入りして店を継ぐのだと思い込んでいました」

四

律がいきさつを説明すると、今井は苦笑しながら香に問うた。

「それでお香は井口屋に乗り込んでったのかい？」

「乗り込んだなんて――だって気になるじゃありませんか」

雪華図説を借りて藍井を出たのちに、律たちは菓子屋・桐山へ向かった。九ツが鳴った矢先で、別れる前に昼餉でもどうかと律は考えていたところだった。

——昼餉はいいから、先生の家でお茶をいただきましょう——

そう言って香は半ば強引に律を桐山へ引っ張って行ったのだ。

「女将さんのお見舞いにも行きたいからと……お菓子を三つに分けて包んでくださいって言ったから、一つは伏野屋に持って帰るのかと思ったら、道中で井口屋さんに寄ろうと言い出したんです」

「縫い物の糸が切れてたから、ちょうどいいと思ったのよ」

しれっと香が言うものだから、今井はますます苦笑した。

「もう！　香ちゃんたら——」

藍井の由郎から、基二郎に許嫁がいたことを知った律たちだった。

井口屋で香は、基二郎の兄にて店主の荘一郎から少し糸を買い求め、「せっかくだから」と基二郎にも挨拶できぬか訊ねたのである。

律と基二郎の間では縁談はなかったことになっているのだが、それを荘一郎が知っているかは定かではなかった。喜んで律たちを奥へ通したところを見ると、知らないのか、知っていても長屋の佐久のように本気で取り合っていないかだろう。

「——で、基二郎さんは一体なんと？」

「ほら、先生だってご興味があるでしょう？」

「そりゃ、ここまで聞いたら続きが知りたくもなろうというものだ」

「それが先生」と、ぷんとして香は言った。「基二郎さんったら、思わぬ曲者で——身分違いだったとしか教えてくれなかったんです」

「ほう、それのどこが曲者なんだい？」

「だって、後は何を聞いてものらりくらりとかわされて——京の多賀野ってお店がどれほどのものか知らないけれど、呉服屋じゃなくて染物屋なんだから、大店としても越後屋ほどではないでしょうに。井口屋さんだってそこそこいい商売されてるんだから、身分違いなんて大げさだわ。井口屋はお兄さんが継いでるし、多賀野の店主は代々男だというから、うちの父さまみたいに実のない婿入りじゃないんです。恋仲の娘が家付きなんて、次男坊にしたら、願ったり叶ったりじゃあないですか」

「世間的には願ったり叶ったりだろうがね……それでも江戸に戻って来たのは、それなりの事情があるんだろう。他人のお前たちにそう容易く明かしちゃくれないさ」

「それはそうですけど、せっかく桐山のお饅頭を手土産にしたのに……りっちゃんも着物の話もせずに帰りを急かすし——」

「だって着物の話はまず、お千恵さんに相談してみないと。それに急かしたのは香ちゃんのためよ。あんなに根掘り葉掘り問い詰めて、伏野屋の若おかみはとんだ噂好きだって、今度は香ちゃんが噂されちゃうわ。ねぇ、先生？」

「そうだなぁ。しかし、おかみさんというのは得てして噂好きだから、これでお香も立派なおかみの仲間入り――」

「まあ先生！」

にやにやする今井を、香はきっと睨みつけた。

「りっちゃんまで……そりゃ私はおしゃべりだけど――人の色恋沙汰も気になるけど――基二郎さんに会いに行ったのは噂話を仕込むためじゃないわ。もしも基二郎さんに本気で言い交わした人がいたのなら、軽はずみにりっちゃんに言い寄らないように、釘を刺しておこうと思ったのよ」

「言い寄るなんて、香ちゃん、基二郎さんはそんな」

「だってお佐久さんも、基二郎さんのお兄さんも、ちっとも諦めてないみたいじゃない。それもこれも、基二郎さんがあの調子で、のらりくらりと煮え切らないことを言ってるからじゃないかしら？　身分違いだのなんだのというのは言い訳で、その人とはきっと遊びだったんだわ。だって本当に好きな人だったら、なんとしてでも添い遂げたと思うもの」

「それは香ちゃんは……」

身分違いで悩んだことがないから――

言いかけて律は口をつぐんだ。

香の言うことにも一理あると思ったからだ。

片想いではどだい無理だが、本当に想い合っている二人なら、何があっても添い遂げられるのではなかろうか？

でも……

「……添い遂げる、とはどういうことだい、お香？」

律が迷った問いを今井が口にした。

穏やかな目はたしなめているようでもあり、からかっているようでもある。

「それは……」

「祝言を挙げるまでかね？　隠居するまでかね？　それともどちらかが死を迎え、残された一人も最期まで亡き伴侶を偲ぶことかね？」

香がはっとしたのも無理はない。

離縁する気はない、と尚介は言ったが、伏野屋には跡取りが必要だ。このままならおそらく養子を取るだろうが、血縁を重んじるなら外に女を置くことも考えられる。実子ができれば尚介も――否、外に女ができれば香でさえ――心変わりするやもしれなかった。

「人の心は見えぬ、量れぬ、定まらぬものだよ、お香。そもそも一緒にいるだけが夫婦でもないさ。そんなことをいったら、諸国の殿さまたちや、江戸に留め置かれている奥方さまらが黙っちゃいないぞ。遠く離れていても、互いを想い合う気持ちは香や尚介さんに負けぬやもしれない」

「はい……」と、と香はうなだれた。

「あんまり当てずっぽうに、人の恋路に口出しするのはよすんだね。人を決めつけるのも感心しないよ。お香に言わないだけで、もしかしたらこの私にだって二世を契った――」

「まあ！」

ぱっと顔を上げて香は身を乗り出した。

「先生にそんなお方が？私、ちっとも知らなかったわ。一体どんな――私の知ってる方ですか？　それともお国に残してきた――ああ、だから先生は基二郎さんの肩を持って――」

「これ、お香」と、今井が笑い出す。「言った先から懲りぬやつだな……もしかしたら、と言ったろう。ただのたとえ話だよ。基二郎さんの肩を持ったつもりもないさ」

「たとえ話と見せかけた、ほんとの話なんでしょう？」

「たとえ話は、たとえ話だ」

「そんな。ひどいわ、先生」

「ひどいのはお香だ。人の話を少しも聞いちゃいないのだから……」

「少しくらいは聞いてます。井口屋へ押しかけたのは軽率でした。基二郎さんにはもう昔のことは訊きません。でも……でも、りっちゃんだっていけないのよ」

「えっ？」

急に矛先がこちらへ向いて、律は戸惑った。

「りっちゃんが、なんだかんだ基二郎さんを庇うようなことを言うから、私だって意地になっちゃったのよ。もう私の口からはっきり言ってやりたかったわ。りっちゃんがお兄ちゃんと相思の仲になったこと――」

「香ちゃん！」

つい声高になると、香は一瞬きょとんとして、それからにんまりと微笑んだ。

「先生、今のは当てずっぽうじゃありませんよ」

「そうらしいな」と、今井もくすりとした。

「もう……」

律はむくれたが形ばかりであった。

既に勘付かれていたに違いないが、これでもう、涼太との仲を今井に隠さずともよいのだと思うとほっとしている己がいる。

ただ……今井の言った言葉は気になった。

――人の心は見えぬ、量れぬ、定まらぬ――

井口屋で律は香を止めようと必死になったが、今思うとそれは、基二郎の心情や香の体裁を慮（おもんぱか）ったからではなかったようだ。

恋仲で許嫁となった女を置いて、何ゆえ基二郎は江戸に戻って来たのか。

律とてその理由を知りたいと思いつつ――「身分違い」の先を聞くのが怖かったのだ。

五

借りた雪華図説を繰りながら、その日のうちに律は下描きを済ませてしまった。

着物の表と裏はざっくりと紅白の色合いをつけただけだが、描こうと思っている実寸大の雪華を重ねたものは丁寧に仕上げた。雪華がよく判るよう大きめに写したものも一緒に包んで、あくる日、早速律は椿屋敷へと足を運んだ。

迎え出た杵は何やら浮かない顔をしている。

どうしたのか問う前に、声を聞きつけた千恵が出て来て律を座敷にいざなったが、こちらも顔色が優れない。

それでも下描きを見せると、千恵は喜び、顔にも少しだけ明るさが戻った。

「見覚えがあるわ……きっと雪永さんが見せてくれたのね……」

雪永なら雪華模様の小間物や着物を持っていてもおかしくない。雪華図説が評判になったのちに、巷(ちまた)では雪華模様が流行(はや)ったこともある。ただ千恵はこの十数年、ほとんど世間に触れることなくひっそり暮らしてきたがゆえに、雪華のことも忘れていたようである。

大きく写した雪華を一枚一枚ゆっくり眺めてから、千恵は微笑んだ。

「雪をまとっても、これは着物だから寒くないわね。これでお願いします。おべっかでもなんでもないわ。こんな着物が欲しいって心から思っています。こんなに強く、何かが欲しいと思ったのは久しぶりよ」

「それは——ようございました」

千恵の言葉に嘘はないと感じたから律は喜んで頷いたが、やはり千恵の様子が気になった。

「お風邪でも……？」

「ううん。少し疲れているだけよ」

律に応えて、千恵は思い出したように付け足した。

「……着物のことは、雪永さんには内緒にしてね。お姉さんにもよ。出来上がったのを見せて驚かせたいわ」

「判りました」

律が早々に暇を告げると千恵は束の間迷いを見せたが、引き止めてはこなかった。

門の外まで見送りに出た杵が、耳打ちするようにそっと言った。

「お千恵さんは朔日に雪見をしてからこっち、物思いにふけってばかりなんですよ。こないだお律さんが来てからは、何度も文を読み返して……」

「文って、旦那さまからの文ですか？」

「ええ」

周之助を装って、雪永が代筆させている文である。

「そうたくさんはないんですが、昔の文も引っ張り出してきて、お律さんが描いてくださった似面絵も一緒に広げて、日がな一日溜息をついて……でも文に書いてあるのは『日々忙しい』だの『遠州でも花が咲いた』だの他愛ないことなんですよ。心配になって、私、お類さんに相談に行ったんです。それでお類さんと雪永さんが訪ねて来てくれたんですけど、お千恵さんたら、具合が悪いからどちらにも会えないと言い張って」

具合が悪いというのは明らかな嘘だし、気鬱というのも違うようだ──そう杵は二人に教えたが、会わぬと言うのへ無理やり乗り込むのはよくないと類たちは引き下がったという。

「だから今日は、お律さんを迎えに出られて驚きました。てっきりお断りするもんだと思ったので。着物のことも──」

「ええ。やっと下描きを気に入ってもらえて安心しました」

何をどれだけ思い出したのか判らぬが、千恵が葛藤しているのは間違いない。

だが取り乱さずにいることは、杵たち──律にも──希望であった。

門の前で杵と別れると、一刻も早く着物に取りかかりたい気持ちを抑えて、律は日本橋へと向かった。

千恵との約束通り、意匠は内緒にするつもりだが、下描きを受け入れてもらえたことだけは伝えておきたい。

それに雪永さんはきっと、お千恵さんのことを案じていらっしゃる……

どんな下描きになったのか、雪永は興味津々だったが、千恵の意向を伝えると苦笑しながら頷いた。

「お千恵がそう言うのなら、大人しく仕上がりを待つことにしよう。しかし、お律さんには会ったのだね。私やお類は文字通りの門前払いだったのだが」

「お千恵さんは……いろいろ思い出しているのだと思います」

「お杵さんもそう言ってるが——きっと怖いんだろうね」

「それは怖いでしょう。ひどい目に遭ったことを思い出すのは……」

律が言うと、雪永は困ったように微笑んだ。

「怖いと言ったのは私のことさ」

「雪永さんが？」

「あの昨年お律さんが描いた腕試しの絵——あれをお千恵に見せたらどう思うのか、知りたいと思いつつできずにいたんだ。秋口になってようやくあの絵を見せて、冬の着物でもどうかと持ちかけてみたんだが、それが吉と出たのか凶と出たのか……屋敷やら、文やら、お千恵には余計な世話だったかもしれない。いつか全てを思い出したら、お千恵は私を厭うようになるかもしれない……そう思うとやはり怖くてね」

「厭うなんて——どうかお千恵さんを信じてあげてください。世間知らずで物忘れもありますが、お千恵さんは聡明なお方です。全てを思い出しても、雪永さんへの感謝は変わらないと思います」

好意も、と添えたかったが、それは思い留まった。

己のような未熟者が、雪永の長年の恋路に口を出すのはおこがましい。

「さ、差し出がましい口を利きました」

頭を下げた律へ、雪永は穏やかに応えた。

「いいや、年甲斐もなく弱音を吐いた私が悪いんだ。お千恵にはもう、つらい思いはして欲しくない。お千恵が仕合わせであればそれでいい。そう思ってこの十数年を過ごしてきたんだ。これからどうなろうと、私はそれを貫くだけさ」

想いが叶おうが叶うまいが、雪永はそうして「添い遂げる」のだろう。

私と涼太さんはどうだろう？

私たちは一体どう添い遂げるのか……

三日前に束の間会っただけの涼太を思い出しながら、律は今度は家路を急いだ。

八ツ前には戻れそうだが、今日もおそらく涼太は出て来れぬだろう。

涼太に会えぬのは寂しいが、店にかかりきりなのは仕方ない。ここしばらくの働きが認められれば、それだけ涼太が跡を継ぐ日も近付くと思われる。

それでも一目姿が見られれば励みになると、通りすがりに律は青陽堂を窺った。

が、店の中に涼太の姿はなく、代わりに佐和と目が合った。

「お律さん、その節は大変お世話になりました」

わざわざ店の外まで出て来て、佐和が頭を下げた。

「い、いいえ、お加減の方はよろしいのですか？」

「本復とはいえませんが、いつまでも寝込んでられませんからね。ああ、今日は涼太は留守にしていますから、お茶に伺うことはありませんよ」

「そうですか」

「親しくしている友人から誘いがありましてね。これも付き合いの内です。ずっと店に詰めていたことだし、息抜きも必要でしょう」

得意先回りかと思った律だが、友人と聞いて、先日顔を合わせた勇一郎を思い出した。

また吉原に行ったのかもしれない――

「跡取り仲間の祝言が決まったそうで、仲間内で祝いの席を設けるからと日本橋へ呼ばれて行ったのです。祝いごとに顔を出さないのは角が立ちますからね」

日本橋ならと安堵したのも束の間だ。

跡取り仲間たちとなら、駕籠や舟を使って日本橋から吉原に向かうこともあろうし、品川に行くということも考えられる。

これも付き合いの内――

祝いごとなら仕方ない――

そうと決まった訳でもないのに、長屋の木戸をくぐりながら律は己に言い聞かせた。

どうやら今井も出かけているらしい。

火鉢に火を入れ、五徳に鉄瓶をかける。

湯が沸くのを待つ間、類から既に受け取っていた反物を広げた。

まっさらな無垢の反物を見ていると、悋気が少しずつ和らいでいく。

今はお千恵さんの着物に打ち込もう――

下描きを取り出し、改めて絞りを施す箇所を念入りに検討する。

茶を淹れて、一人でゆっくりと含み終えると、雑念を忘れて律は仕事に没頭した。

六

品川へ行こうと言い出したのは勇一郎だ。

品川宿の旅籠・菱屋は旅籠を装った私娼宿で、勇一郎の行きつけである。

佐和が倒れてから――否、その前に清次郎が行方不明になっていた間から、気を張り詰めていた涼太だった。佐和が店に出られるほど回復したのは喜ばしいし、息抜きを許されたのはもっと嬉しい。宿で女と遊ぶのは良い気晴らしになるとも思うのだが、つい律の顔がちらついて、すぐに頷くことはできなかった。

が、即答した則佑に加え、此度嫁取りが正式に決まった永之進、懐妊中の嫁を持つ雪隆まで賛成したものだから、一人意地を張るのは野暮というものである。

「雪隆、お前、嫁さんの方はいいのかい？」

「いいんだよ、涼太。あいつは今は赤子のことで頭が一杯なんだ。あいつだけじゃない。家中が初孫に浮かれてて、睦みごとは身体に障るから控えろと、爺婆にまで言われる始末さ。俺のことなぞ誰も気にかけちゃくれないんだ。それにあれだよ、涼太」

「あれたぁなんだ？」

「それはそれ、これはこれさ。嫁と女郎は別物だ。嫁が悪いというんじゃない。家には家の、外には外の良さがあるんだよ」

もっともらしく雪隆が応えたのへ、「そうだそうだ」と則佑も頷く。

勇一郎がちらりとこちらを見やった。

俺の言った通りだろう――と、にやりとするのが癪に障る。

永之進はくすりとしたのみだ。

勇一郎や雪隆ほど割り切れないが、涼太とてつい先ごろまで花街行きを悪いと思ったことがなかった。父親のあの清次郎でさえ、付き合いで遊びに行くのだから、まさに「それはそれ、これはこれ」である。

これも付き合いだ――

己に言い聞かせて、涼太は律の顔を頭から追い出した。

「どうせ泊まりになるのだから、ゆるりと行こうじゃないか」

永之進の言葉で、五人連れ立って広小路を歩いて京橋を渡り、更に南の品川を目指した。

品川で一風呂浴びてから菱屋に行くと、勇一郎の馴染みの松風という女郎を筆頭に、五人の女郎が座敷に現れた。

「勇さま、こんなに早くお会いできるなんて嬉しゅうございます」

松風の挨拶からして、勇一郎はつい最近も菱屋を訪れていたらしい。

「涼さま……お久しゅうございます」

さりげなく隣りに座った女が、囁くように言って微笑んだ。

雪音という源氏名の女である。勇一郎と松風ほど密な馴染みではないものの、菱屋での涼太の相手はいつも雪音だ。涼太より一つ二つ年下で、二年ほど前、初めて菱屋を訪れた際に涼太が自身で選んだ女だった。

年が近いというだけで「なんとなく」選んだつもりだったが、目鼻立ちは別人なのに、斜め上から見下ろす横顔――伏せた目や耳の形、こめかみやうなじなどが律に似ている。そのことに涼太が気付いたのは、ちょうど昨年の今頃だった。

「そうだな。前に来たのは――」

「葉月の終わりです。もう三月もお見限りで寂しゅうございました」

「三月なら、お見限りというほどでもねぇだろう」

涼太が花街に行くのは仲間に誘われた時だけだ。仲間と遊ぶのは月に一、二度で、内、品川まで足を伸ばすのは、年に三、四度といったところだから、三月の間が開いてもおかしくはない。

「ですが、もう会えないかと思って心配だったんです」

そう言って雪音はぴったり横に身を寄せて、わざわざ涼太の手に杯を持たせて酌をした。

こういった慣れ慣れしさは、他の女郎にはありがちだが、雪音には珍しいことだった。

雪国育ちということ以外、涼太は出自（しゅつじ）を知らないが、雪音はその源氏名にふさわしく静かで控えめで、あからさまな媚（こび）は滅多に見せない女だからだ。

「大げさだ」

苦笑しながら涼太は、抱き寄せる代わりに雪音の杯に酌を返してやった。

いつもなら、これも相手の手の内と思いつつも、喜んで肩を抱くなり、腰に手を回すなりしただろう。女郎は色を売るのが商売で、己はそれを買いに来た客である。「付き合い」でしか訪れぬ花街だが、涼太には日々の忙しさや、店主への道のりの厳しさに加え、容易に手出しできぬ律へのもどかしさを紛らわせる「息抜き」の場でもある。

ただ今日はやはりどうも気乗りがしない。

当てが外れたように雪音が少しうつむいて、律に似た横顔を見せるものだから尚更だ。

「最後にもう一度会いたいって、雪音、言ってたものねぇ……」

勇一郎に酌をしながら松風が言う。

「最後っていうと――雪音はもしかして、身請けされるのかい？」と、勇一郎。

「そうなんですよぅ」

勇一郎へ流し目を送ってから松風は言った。

「運よく、先月お目見えしたばかりのお客さまに気に入られたんです。牛込の料亭の旦那さまで、あれよあれよと身請けが決まって――年が明ける前からめでたい話でしょう？　涼さま、今宵はせいぜい可愛がってやってくださいましね」

菱屋では売れっ妓の松風は雪音と変わらぬ年頃だが、宿に来たのは雪音より早い。顔はにこやかでも細めた目には嫉妬が見て取れる。松風の隣りで勇一郎は、それと判らぬほどに苦笑をしてから杯を掲げた。

「めでてぇ話なら負けねぇよ。永さんの嫁取りが決まったんだ。年明けの、藪入り前に祝言だ。俺や則佑はそうでもねぇが、永さん、涼太、雪隆は、この先年明けまで落ち着かねぇかららな。今宵は前祝いだ。雪音の身請けも合わせて、一つ盛大にやろうじゃねぇか」

「おう！」と、呼応した則佑が一息に杯を空け、涼太たちもそれに倣う。

酒が入って陽気になったのか、雪隆が忍び笑いを漏らした。

「年明けには永さん、春には勇一郎……ふふふ、順番は逆になったけど、俺にもやっとお仲間ができるねぇ」

「どういうことだ？」

同時に問うたのは則佑と松風だ。

「ひどいぞ、雪隆。俺はずっとお前を仲間だと思ってきたのに――」と、則佑が言えば、

「ひどいわ、勇さま。嫁取りのことなんて一言も――」と、松風が目を潤ませる。

春に挙げる筈だった永之進の祝言は年明けに早まり、年明けに見込まれていた勇一郎の嫁取りは逆に春に延びていた。

「独り身のお前には話せぬ悩みがあるんだよ……」と、雪隆がぼやき、

「春なんて、遠すぎてぴんとこねぇからよ」と、勇一郎がとぼけた。

永之進はそんな四人をにやにや眺めながら、隣りの女に新たな酒をねだっている。

「涼さまは、嫁取りは……？」

おずおずと己を見上げた雪音の顔は雪音でしかなく、涼太をほっとさせた。

「俺はまだ少し先さ。だが、そうだな、来年の今頃には――」

「むむ、俺だって、一年もあれば嫁の一人や二人娶っているさ」

負けじと言う則佑の横で、則佑の馴染みの吉野という女が笑い出す。

「嫁は一人で充分でしょう？　その代わりと言っちゃあなんですが、外の女をお忘れなく」

「忘れやしないよ。——ああ、俺にもっと自由になる金があったらなぁ。そしたら今すぐ吉野を請け出してやるのに。店を継いだところで、室町の本屋じゃ上がりも知れてるというもんだ。囲い女なんて、とてもとても」

「贅沢は申しませんよ。私は則さまと一緒にいられれば、それでいいんですから」

「俺も吉野と一緒にいられれば……」

相好を崩して則佑は吉野の腰へ手を伸ばした。

一刻ほど座敷で騒いでから、涼太たちはそれぞれの女の部屋へ引き取った。

吉原と違って、まだるっこいしきたりがないのが宿場のよいところである。四宿では品川女郎が一番人気で、中でも菱屋の評判は高かった。女郎を大事にする菱屋では、一人一人が三畳から四畳半の部屋持ちだ。雪音の部屋は四畳半だが、小箪笥と鏡台、布団のみと、物が少ないために今井の家より広く感じる。

有明行灯のみが灯された薄暗さの中、酔いもあって、布団の上に座ると涼太は思わず色欲をかきたてられた。

雪音を抱き寄せて衿元へ手を差し込むと、雪音がうつむいて胸に頬を寄せる。

白いうなじが見えた途端、雪音が律に成り代わった気がして涼太は狼狽した。

律を抱いているという淫らな錯覚よりも、律が女郎に身を落としたかのごとき困惑が涼太を押しとどめた。

衿元から手を放すと、顔を見ながら涼太はゆっくりと雪音を横たえた。

「涼さま?」

「今日はいい」

それだけ言って、涼太ははだけた雪音の胸元が見えぬよう布団をかけた。

雪音はじっと涼太を見上げ、手を取ると指を絡めてきた。

「つれないこと言わないでくださいまし。松風が言ったでしょう? 私、涼さまをお待ちしていたんですよ」

艶めかしく手のひらを嬲ってくる指が、鎮まりかけた涼太を煽る。

雪音を抱いたところで何も変わらぬだろう。

花街に行ったことをあえて律に話すつもりはないし、知られたところで、行っただけで抱いてはいないと一体誰が信じるというのか。

変に意地を張ることたねぇ。

仲間内の「付き合い」はこれからも続くんだ……

そう内心頷きながらも、何故か涼太は雪音の手を握り返せなかった。

「疲れてるんだ。雪音も一晩くらいゆっくり休むといい」

手をほどいて布団の下に戻してやると、ようやく雪音の目に諦めが浮かんだ。

「……誰かがお心にいるんですね。まるで祝言を挙げるのは涼さまみたい。私のような女は、もう触れてももらえませんか？」

「そういうんじゃねぇんだが……」

「……嫌だわ。涼さまといい、あの人といい」

「あの人？」

「幼馴染みです。郷里の……兄弟子さんに誘われたと、先日偶然遊びに来て……やはり、今日の涼さまみたいにつれない素振りで……もういい年だし、あの人もきっと、誰か心に決めた人がいるんでしょうね」

偶然訪ねた妓楼に幼馴染みがいたら、同情せざるを得ないだろう。一晩くらい休ませてやりたいと思ってもおかしくない。

だが雪音の声には「幼馴染み」以上の気持ちが感ぜられて、涼太は応えに迷った。

「ごめんなさい」と雪音はすぐに謝った。「女郎の愚痴ほどつまらないものはありません」

「いいんだ、雪音」

横になって涼太は言った。

再び欲に流されぬよう、雪音には背を向けて律のことを思い浮かべる。

「……俺の相手も幼馴染みだ。餓鬼の頃からいつか一緒になりたいと思ってた。俺は家ではまだ見習いの身だし、先方にもいろいろあって……二月ほど前にようやく求婚したばかりなんだ」

「相手の方は、さぞお喜びだったでしょうね。涼さまのような人に望まれて嫁入りなんて」

「お喜び、というほどでもなかったが……」

「涼さま、怖いお顔をしてたんじゃないですか？　私もその昔、求婚されたことがありますよ。といっても、私も向こうもまだ十三で――いつもと違ってなんだか怖い顔してたから驚いちゃって、上手くお返事ができませんでした。今となっては笑い話ですけど、その人は私の初恋の君だったから……その時はただとても嬉しかった」

「……そいつはもしや、さっき言ってた幼馴染みじゃねぇのかい？」

「あら涼さま、勘のいい」

雪音はくすりと笑ったが、顔が見えなくてよかったと涼太は思った。

「求婚されたのは後にも先にもその人だけです。じきに十年になろうかという……遠い遠い昔の話です。あの人まで江戸に出て来てたなんて、私はちっとも知らなかった。あの人、藪入りにはまた昔話をしに来ると言ってたけど、とんだ無駄足を踏ませてしまいますね」

「藪入りに？」

もしもそうなら、男がつれなかったのは他に女がいるからではないかもしれない。むしろ今でも好いているからこそ、つれなくしたとも考えられる。

こんなところで欲に任せて抱いてしまえば、ただの客に成り下がるだけだ。

それでも一目会いたいと、迷いつつ、藪入りに品川まで足を運んで来る男が目に浮かぶ。

しかしこれらは己の憶測に過ぎず、既に身請けが決まった雪音に言っても詮無いことだ。

「身請けのことは、そいつには言わなかったんだな」

雪音を身請けする男はまだ三十路を過ぎたばかりと、旦那にしては若く、雪音には一目惚れ、二度目で菱屋に身請けを持ちかけたそうである。今は雪音のための家屋を用意しているところで、それが整い次第——年内には雪音を引き取りに来る手筈なのだと、座敷で吉野が言っていた。

「お互い子供だったとはいえ一度は二世を誓った仲なのに——せっかくこの広いお江戸でまた会えたのに——あんまりつれないもんだから、意地悪したくなったんです……」

嘘をつけ。

胸の中だけで涼太は問うた。

言わなかったんじゃなくて、言えなかったんだろう？

最後にもう一度会いたかったのは、俺じゃなくてその幼馴染みなんだろう——？

「……旦那はお前に相当惚れ込んでるみてぇじゃねぇか。これまでの分も合わせて、旦那に大事にしてもらうといい」

背を向けたまま精一杯さりげなく言うと、涼太は目を閉じた。

しばし黙り込んだのち、雪音がそっと背中に身を寄せてきた。

「……寒いんです。これくらいは……許してください」

「ああ」

囁くように応えて、涼太は布団を引き寄せた。

七

「これは難しい……が、なんだかむずむずしやす」

下描きを見て基二郎は微笑んだ。

「俺に任せてくださるんですか？」

「ええ。基二郎さんにお願いしたいんです」

「ありがてぇ。色はどうします？」

「深緋にしようと思います。濃紅よりもやや暗い……赤いけど、夜空のような暗さが欲しいんです」

「背中と右肩を濃く……」

「前身頃の裾は、ほとんど染めていただかなくて結構です。ただ」

「この端の方だけですね。掛けた時に後ろとつながるように」

打てば響くやり取りが心地よかった。

反物は既に裁ってある。

雪華を入れる箇所を一枚一枚基二郎と確かめていると、よりはっきりと仕上がりを思い浮かべることができた。

「お律さんに注文したとは聞いていたけど、雪永さんご自身の着物じゃなかったんですね。この着物はあれでしょう？　椿屋敷に住む姫君への贈り物」

「姫君……お千恵さんのことを、雪永さんはそう呼んでいたのですか？」

何やら微笑ましくなって律は訊き返したが、基二郎はやや困った顔をして頷いた。

「俺の方は、名前はお伺いしていませんでしたが……」

「ああ、すみません、余計なことを」

雪永は基二郎を贔屓にしているが、千恵の事情は容易に明かせるものではない。はっきり口止めされてはいないのだが、椿屋敷と聞いて千恵の名を口にしたのは迂闊(うかつ)であった。

「余計なことといえば、先日はお香さんが無遠慮にあれこれと……悪気はなかったんです」

「いいんですよ」と、基二郎は苦笑した。「どうして勝手に破談にしたのかと、親にも親類にも散々絞られましたからね……俺のような身には、これ以上はなかろう良縁でしたから」

だったらどうして……？

香ではないが、別れの理由は律も気になった。

向こうから一方的に惚れられたのではなく、「恋仲」だったと由郎は言ったし、先日香もその点を確かめていた。

「隠すようなことじゃなかったんですが……お香さんはなんだか、母方の伯母に似てましてね。ああ、似てると言っても顔かたちじゃなくて、その、声や話し方なんかがです。それでついはぐらかしたくなっちまいまして」

頬を掻いて苦笑しながら基二郎は続けた。

「ご縁がなかったのだと……身分違いだったと、先日は仰っていましたね」

「ええ。多賀野はいい店です。染物屋なのに紺搔はよそに任せて、いろんな色を扱っている。抱えの職人が何人もいて、型染めや絞りも自前で仕上げてるんで。ただ……どうも俺は商売が性に合わなくて」

「ご商売が？　染物屋さんなら井口屋さんとそう変わらないのでは……？」

「……俺はお紫野――ああ、多賀野の娘の名が紫野というんです――と一緒になっても、職人として働くつもりだったんです。今、こうして兄の店で働いてるように……でも、多賀野の主は代々男で、婿入りするからには店を切り盛りしてくれと言われまして。お紫野の方が俺なんかよりずっと商売の才覚があったんですが、女は裏方というのが多賀野のしきたりだそうで。老舗だから少しばかり窮屈なのは仕方ないと思っていたものの……実際には帳場を含めて店を仕切って、得意先回りや、付き合いの宴会やら弔事慶事に顔を出すのはあたり前、染物をしている暇などありゃしません。それで腰が引けてしまって……」

「でもお紫野さんは？　お紫野さんに未練はなかったんですか？　二人は相思の仲で、基二郎さんはお紫野さんを好いていらしたんでしょう？」

矢継ぎ早に、まるで香のようだが、律は問わずにはいられなかった。

「未練はありました。お紫野は俺にはもったいない娘で、俺の腕を高く買ってくれていたんです。どんな色も上手く着こなすものだから、染物をしながらよくお紫野のことを考えたもんです」

「それなら」

「染物をやめたくなかったんです」

律を遮って基二郎は言った。

「いつでも仕事場に出入りしていいと言われたが、主となるとそうもいきません。だから俺は……逃げ出したんです。そんなに染物が大事なのかとなじられましたが、その通りです。お紫野に未練はあったが、染物を捨てるほどではなかった……」

基二郎が両家に責められただろうことは想像に難くないが、基二郎の気持ちは職人の律にはよく判る。

「うちは糸ばかりで、反物を染める道具も充分じゃありません。でも、糸でも染物に変わりはねぇですし、兄は『好きにしろ』と言ってくれる。だから江戸へ戻って来たのは悔いちゃいません。元手と手間を考えると、あまり店の役には立ってないんですがね……」

悔いていないと、基二郎は言うが、紫野の気持ちはどうなのか。

職人としては基二郎の決断は判らぬでもないが、女としてはどうしても紫野に同情してしまう。

「江戸で人の反物を手がけるのは、こないだの雪永さんのに続いて二つ目です。せっかくお律さんが声をかけてくれたんだ。最上のものを納められるよう、精一杯努めますんで」

控えめな基二郎だが、その腕は自他共に認めるものである。引き受けてもらえたからには、言葉通り「最上」のものが届くだろう。

ゆえに下染めは案じていないのだが、己の腕と——基二郎の言ったことが気になった。

涼太さんなら……

まさか上絵をやめろとは言わないだろう。

しかし、今のように一日中仕事にかまけてはいられない。香の話では佐和や類のような店主でなくとも、香も得意客に挨拶したり、藪入り前に奉公人への手土産を用意したり、おかみたちの集まりに顔を出すことも少なくないらしい。

食事も一人自由にとはいかぬだろうし、仕事で釜を使うのも女中との兼ね合いになる。巾着や前掛け、紋絵ならなんとかなるかもしれないが、着物となると難しい。

せっかく雪永さんが着物を注文してくれたのに——

巾着や紋絵だけじゃ物足りない。

おとっつぁんのように、着物を手がけてこそ上絵師なのに……

だがまずは千恵の着物が先だ。

いくら着物を描きたいと願ったところで、この仕事をしくじれば次につながらない。

迷いながらも、下染めを待つ間、律は雪華の練習にいそしんだ。

雪華は白抜きにするから、ただ「描く」のとは違う工夫が必要だ。

雪華図説には約百種の雪華が描かれている。着物にそぐわぬ形もあるから全ての雪華を描きはしないがそれは形だけの話で、律は着物に約百二十の雪華を入れようと目論んでいた。

――基二郎が長屋を訪ねて来たのは四日後の八ツ前だった。

「染料を整えるのに、ちと手間取っちまいまして……とりあえず身頃を見てください。背中から描き出すつもりなんでしょう?」

「そう……そうなんです」

広げられた下染めに満足しながら律は大きく頷いた。

身頃を二枚並べると、相談した通り、背中の貝殻骨の下の辺りが一番濃く染められている。上部に散らす雪華は少ないために、丸く上手く染め残してあった。

「染料もたっぷり持って来ましたから、存分に使ってください」

「ありがとうございます」

二人きりだが、戸は開けたままである。

隣りには今井がいるし、これは「仕事」なのだからやましいことは何もないと、胸中で頷いてから律は言った。

「あの、寒い中お手数おかけしました。今、お茶を淹れますから……」

「いえ、お気遣いなく……」と、基二郎は慌てて上がりかまちから立ち上がった。「まだ仕事が残っていやすから。お律さんだって早く取りかかりたいでしょう?」

基二郎の気遣いにほっとしながら、せめて見送りにと律は表へ出た。

木戸の外で基二郎に改めて礼を言っていると、青陽堂の方から涼太と見知らぬ男が二人やって来る。

「お律、すまねぇが――」

言いさした涼太が基二郎に気付き、怪訝な顔をした。

「あの」

「じゃあ、俺はこれで」

律が応える間もなく、基二郎は小さく頭を下げて去って行った。

「涼太さん、あの……」

「先生がいるなら、先生の家に上がらしてもらおうか」

木戸の中へ戻ると、井戸端で佐久が目を丸くした。

基二郎の声を聞きつけて出て来たらしい。基二郎のことをあれこれ言われずに済むのはよかったが、涼太や二人の男の様子からして何か大事(おおごと)が起きたようである。

「似面絵ですか？」

振り向きながら律が問うと、「ああ」と涼太が短く頷く。

その浮かない顔に不安を抱きながら、律は筆を取りに家に戻った。

八

今井が在宅していたのは幸いだった。

涼太がいるといっても、二人の男はそれぞれ厳しい顔をしていたし、今井がいなければ話を聞いた律はもっと動揺を露わにしていただろう。

頼まれた似面絵は女の顔で、雪音という女郎のものであった。

男の一人は涼太より二つ三つ年上で、耕介（こうすけ）と名乗った。菱屋という品川の私娼宿に出入りしている幇間（ほうかん）で、宿の遣い走りでもあるらしい。

もう一人の男は栄一郎（えいいちろう）という名で、牛込の料亭の主だという。雪音を請け出し、妾（めかけ）にしようとしていたそうだが、「旦那」と呼ぶには三十路前後でまだ若い方だ。

そして雪音は涼太の馴染みの女郎だったのだと、問うまでもなく律にも判った。

雪音は昨日の昼、行きつけの小間物屋から行方をくらませたそうである。

貝森堂（かいもりどう）というその小間物屋は品川の女郎御用達（ごようたし）の店で、菱屋は売り上げに応じて特定の女郎に出入りを許しているそうである。無論、行き帰りの自由はなく、必ず耕介のような者が見張りについてのことだ。

「差し込みがあるから手水を使いたいと……店の者はみな宿の女郎を見知ってるし、雪音は宿でも知られてる方だから、まさか真昼間から逃げるたぁ思わなくて――」

溜息をつきながら耕介が言った。

「それでお律に似面絵を……？」と、今井。

「ちょうど昨年の今頃、貝森堂で盗人が捕まったでしょう？　その手引きをした女の似面絵を青陽堂の若旦那が持って来たと、貝森堂の者と思い出しやして、ちょうどいい、と」

「ちょうどいい、というのは？」

これには耕介に代わって栄一郎が応えた。

「女たちの話じゃあ、雪音はどうやら、こちらの若旦那に大層未練があったようなんでね」

じろりと涼太を睨んで、栄一郎は一つ鼻を鳴らした。

「――てっきり、こちらに逃げ込んで来たと思っていたよ。先日、店で随分甘えていたそうじゃないか」

「雪音とは、六日前に菱屋で会ったきりです」

六日前……

ということは、やはり跡取り仲間たちと一緒に日本橋から花街に繰り出したのだ。

綾乃のことは「綾乃さん」と呼ぶのに、雪音は呼び捨てにしたことも律は気になった。

いらぬ危惧だと思いつつも、見知らぬ女郎に嫉妬が湧いた。

少なくとも昨年からの付き合いだというのも気に障る。

「忙しいところを、すまない、お律」と、改めて涼太は謝った。「似面絵は、お上の御用以外引き受けないと言ったんだが――」

「お上に頼んでもよかったんだぞ。町奉行所には親しくしているお方もいるしな」

ふんぞり返って言った栄一郎を、涼太は冷やかに見やって言った。

「お上に探られたところで、こちらはやましいことなんぞ一つもありません。そちらが恥をかくだけです。あんまり店先で騒ぐものだから、狼藉者の言いがかりかと思って番人を呼ぶところでしたよ」

「なんだと?」

「まあまあ旦那さま……旦那さまも客商売なら、少し落ち着かれた方が――」

いきり立つ栄一郎を耕介がなだめる。

「若旦那が雪音をかくまってないのはすぐに判りました。それでまあ、せめて似面絵だけでも、と思いやして」

察するに、似面絵のことでもまた大騒ぎしたのだろう。

「礼金なら払いますよ。一枚三百文だとか。二朱払うから三枚頼めんか？」

一両が六千五百文、一両の八分の一の二朱は約八百文だ。一枚三百文というのは涼太が吹っかけた値段だろうが、二朱では三枚に百文足りない。

「二朱なら二枚ですな。釣りを用意しましょう」

今井が言うと、栄一郎は不服そうに——だがもう百文出す気はないらしく——頷いた。

栄一郎が気に入らないからだろうが、涼太はむすっと口を結んだままだ。

雪音の似面絵は耕介と栄一郎から話を聞いて描き上げた。

つぶらな瞳が愛らしく、顔立ちには幼さが残っている。もしや綾乃より若い——十七、八ではなかろうかと思ったものの、耕介曰く、来年二十二歳で律より一つ年下なだけだった。

花街では、品物のように男が女を選ぶと聞いている。

並べれば無論別人なのだが、雪音の目鼻立ちは律よりも綾乃に似ている方だ。

こういう顔がお好みなのかしら——

ちらりと見上げると涼太と目が合って、律は慌てて手元へ目を戻した。

「まったく雪音の莫迦め——何が最後に一目会いたいだ。こんな見てくれだけの男のために宿を逃げ出すとは、なんて浅はかなんだ」

涼太さんはけして見てくれだけじゃあないわ。

あなたこそお金だけの——しかもけちくさい——男じゃないの。

むっとして律は一瞬筆を止めたが、今井の「余計なことは言わぬ方がよい」と言わんばかりの目配せに、仕方なく二枚目も描き続けた。

耕介でさえ相槌を打たなかったのが不満らしく、栄一郎はぶつぶつと続けた。

「何十人——いや、何百人もの男の手垢がついた女を請け出してやろうってんだぞ？　なのに恩を仇で返しやがって。どんな手を使ってでも、必ず見つけ出してやる……」

憎しみのこもった栄一郎の声に、ぞっとして筆先が少し震えた。

「旦那さま、穏便に頼みますよ」と、耕介がとりなした。「こんなのは一時の気の迷いですから、見つけ出したらせいぜい可愛がってやってくだせぇ」

「ああ、お前に言われずともたっぷり可愛がってやるとも。こんな男のことなんぞ、思い出す間もないくらいにな……」

雪音が逃げ出したのも無理はない、と律は思った。

最後に涼太さんに一目会いたいと言ったのは本心かもしれないけれど、何よりこの人に請け出されるのが我慢ならなかったからに違いないわ……

似面絵を断ってしまいたかったが、時既に遅しで、描き上がった二枚目を栄一郎は引っ手繰るように取り上げた。

「うん、そっくりだ。知り合いに絵心のある者がいるから、これを元にもう何枚か描いてもらおう。私はそちらに向かう。お前はこっちの一枚を持って、雪音が行きそうなところを当たってくれ」

「へぇ」

今井の差し出した釣りの二百文をしっかり受け取り、今一度涼太を睨みつけると、栄一郎は一人で長屋を出て行った。

「……若旦那」

似面絵に目を落としながら、耕介が切り出した。

「雪音の行き先に心当たりはありませんか？」

「さあ……知らないな」

「松風が言うにゃあ、雪音は五日前——若旦那と会った翌日から、なんだか様子がおかしかったと。若旦那の店でのお立場は判りやす。だが、かくまってなくても、雪音が若旦那を訪ねて店に来たってことはありやせんかね……？」

「私は店ではまだ一手代だ。届け物で留守にしていることも多いし、一日中店先に出ていることもない。万一、雪音が訪ねて来たとしても、知らされなければ判らないよ」

「まったくその通りで——すいやせん。莫迦なことを訊きました。あの旦那はどうも思い込みが激しくて、一時は俺が雪音を逃がしたんじゃねぇかと、そりゃ恐ろしい勢いで責められましてね……菱屋は既に前金を受け取っていやすし、宿の体面もありやす。このまま見つからねぇと、あの旦那より怖いもんに雪音は追われることになるんですがね……」

「そう言われても知らないものは知らないが、雪音も宿場の女なら全て覚悟の上だろう」

落ち着き払って涼太は応えた。

涼太をよく知らぬ耕介は頷いて、丁寧に挨拶をしてから出て行ったが、律はどうも引っかかる。栄一郎に身請けされるのは嫌でも、追手がかかるのを承知で雪音が当てもなく宿場を逃げ出すとは考えられない。

知らないと言ったけど、本当は心当たりがあるのでは……?

だが、雪音は商売を越えた好意を涼太に寄せていたようだ。たとえ涼太が雪音を女郎としか見ていなくとも、雪音を買った——抱いた——ことに変わりはないと思うと、真相を問いかけるのは躊躇われた。

「まったくとんだ商売の邪魔だったたな。店にも、お律にも——悪かった、あんなやつらを連れて来て」

「ううん」

「涼太、せっかくだから一服していくかい?」

「そうしたいのはやまやまですが、帰って女将にいろいろ申し開きしねぇと……」

そう言って涼太は帰って行き、律も「仕事があるから」と引き取った。

一旦家に戻ったものの、気がそがれて——というよりも胸が騒いで——上絵は手につきそうにない。

しばし悩んだのちに、律は財布だけを持って、そっと長屋の外に出た。

九

気晴らしに、何か甘いものでも食べよう――

こい屋にでも行こうかと西へ足を向けたが、一町も行かぬうちに思い直した。

もうまもなく七ツで、妻恋町は少し遠いということもあるが、今こい屋の縁台に座ったら、涼太を想って人前でも泣き出してしまいそうだったからだ。

それなら慶太郎の奉公先の一石屋に行くかと踵を返したものの、やはり思いとどまった。

一目でも慶太郎に会えれば少しは気持ちが晴れようが、慶太郎に己の情けない姿を見られるのは姉として避けたいところである。

御成街道を南に少し行った花房町に、よく大福餅売りが来ているのを思い出して、再び身を返そうとした矢先、涼太を見た気がして律は目を凝らした。

青陽堂から半町ほど離れた物陰から、涼太が店を窺っている。

否。

涼太さんじゃない……？

男の背格好――髷や肩、腰の辺りまで含めて涼太に酷似しているが、着物が青陽堂のお仕着せとは違うこげ茶色だ。そもそも先ほど急いで店に戻った涼太が、外から店を窺う理由もあるまい。

じっと見つめてしまったせいか、不意に男が振り向いた。

男はやはり涼太ではなかった。

だが男が何ゆえ青陽堂を見張っているのかは気になった。

ゆっくりと近付いて律は男に問いかけた。

「あの……青陽堂に何かご用ですか？」

「ちょいと……あすこの若旦那に用があるんで」

「若旦那にですか？　用があるならさっさと訪ねて行けばいいじゃありませんか」

男の左手にいくつか見える傷痕から、小刀を使う職人だろうと律は踏んだ。強面というほどではないが、目がややきつく凄みがある。涼太と同じく律より七寸ほど背が高く、つい怯みそうになったが、律は更に問うてみた。

「一体どちらさまなんですか？」

「俺は、その……菱屋って店のもんです」

「菱屋の？　似面絵の他にもまだ用があるんですか？」

もしかして、雪音さんが訪ねて来ないか見張ってるのかしら——？

嫉妬は消えていないが、栄一郎に会ってから雪音には同情心が芽生えている。

律が菱屋を知っていると判って、男は少なからず驚いたようだ。

「その、若旦那に……揚げ代を払ってもらえねぇかと……」

眉根を寄せながら身体に見合わぬ小声で、しどろもどろに男は言った。

「揚げ代って――」

下手な嘘にもほどがある――と呆れた律だが、転瞬、言葉を飲み込んだ。

なじる代わりに男の目をまっすぐ見て言った。

「今、若旦那を呼んできますから、ちょっとお待ちくださいね」

「え？」

「すぐに呼んできますから――」

応えを待たずに律は青陽堂へと急いだ。

店先で迷うもほんの一瞬で、手代の一人に近付いて涼太へ言付けを頼む。

「急ぎの用なんです。どうか早く。そこの表で待ってますから」

裏口に回ろうかとも考えたが、下手に己が姿を消せば、男は警戒して逃げ出すかもしれない。男の方を見やりながら店の端の方に佇んでいると、ほどなくして涼太が現れた。

「お律、一体――？」

「あすこに男の人がいるんです。おそらく雪音さんをかくまっている人――」

「なんだと？」

「菱屋の者だって言ってるけど、嘘なんです。揚げ代が欲しいというのも……」

「揚げ代？　揚げ代ならとうに菱屋に」

「ええ、判ってます。だから全部嘘なんです。その……きっとお金に困ってるんです」

それと判らぬように律が男の方を示すと、涼太がちらりと男を窺う。

「……あいつが雪音をかくまっていると、どうして判る？」

「だって」

――最後に一目会いたい――

会ったことのない雪音の声が聞こえた気がして、律の胸は締め付けられた。

「だって、あの人の背中……涼太さんにそっくりなんです」

涼太がはっとした。

「どうかあの人と話してきてください。あの人たち、これからどうするのか……」

「……お律、ちょっとここで待ってろ」

それだけ言うと、涼太はくるりと踵を返して裏口から店の中へと消えた。

気を揉む律が千を数えぬ間に戻って来ると、真新しいよそ行きの財布を差し出して言う。

「これをあいつに渡してくれ。あいつこそ、雪音が最初で最後に二世を誓った――雪音が最後に本当に会いたいと思っていた男なんだ」

ふくらんだ財布はずしりと重い。

「一朱やら一分やら合わせて二両にもならねぇが、今の俺に融通できるのはこれくらいだ。

財布も売ればいくらかにはなるだろう。俺はあいつには会わない方がいい。お律、お前から渡してやってくれ。こいつは揚げ代じゃねぇ……新しい暮らしへの餞だと伝えてくんな」

菱屋の者だと揚げ代だのと嘘をついてまで、涼太から——雪音の客から——金をもらうのは、男には屈辱でしかないだろう。

だがこれから二人がどうするにしても、先立つものが必要だ。恥を忍んでここまで来たということは、二人は——少なくとも男はまだ諦めていないに違いない。

「判ったわ」

短く応えて受け取ると、律は急ぎ男のもとへ引き返した。

「これをいただいてきました。揚げ代じゃなく餞だと——その、新しい暮らしへの。こちらもお持ちください。ほんのちょびっとですけど、何かの足しに」

言いながら、律は涼太の財布と一緒に己の財布も押し付けた。

いつもは百文ほどしか入っていない財布だが、今なら栄一郎からもらった二朱がある。

「餞なんて……若旦那がそう言ったんですか？」

「ええ」

「……あなたは一体何者なんで？　店の人には見えやせんが……」

「私は——幼馴染みです。若旦那とは小さい頃から親しくさせてもらってて……」

もう二度と会うことはなかろうが、「許嫁」とは言い難く「幼馴染み」で誤魔化した。

と、微かに男の目元が和らいだ。

「ああ、ではあなたが――」

「え？」

「……雪音が言っていました。最後の最後で若旦那には袖にされたと……子供の頃から、いつか夫婦になりたいと思ってきた幼馴染みに、ようやく求婚したところだからと……」

それは、つまり。

律が応えに迷う間に、男は一つ頭を下げて、黙って駆け出して行った。

十

次の日を律は丸々着物に費やした。

暗いうちから起き出して、朝餉もそこそこに、着物用の張り枠を並べた。

父親の伊三郎が死してから一年以上も使っていなかったが、昨夜のうちに手入れは済ませてある。

試しの布で染料の色合いを確かめてから、後ろ身頃の一番色が濃い――暗い――ところから雪華を入れていく。

筆を取る前に茶を飲んで心を静めたつもりだったが、無心になることはできなかった。

どうしても、雪音と男の行方が気になる。

一職人が金をかき集めたところで、身請け代には届かぬだろう。充分な金が支払われたとしても、あの栄一郎という男が雪音を諦めるとは思えなかった。

とすると残された道は駆け落ちだろうが、栄一郎から、菱屋から、品川宿から――二人が無事に逃げ切れるかどうか。

男が言ったことも気になった。

男の言葉を信じるなら、涼太は此度は雪音を抱かなかったらしい。「袖にされた」というのはまさか、雪音を振って誰か他の女を選んだという意味ではあるまい。佐和のことがあったばかりというのもあろうが、己への気遣いと、他人にでも求婚したことを涼太が打ち明けたのが嬉しくもあり――悩ましくもある。

涼太の妻になることと、上絵師になること。どちらも当然のように思っていた幼き頃と今は違う。基二郎のようにどちらかを選ばねばならぬ時が己にもこないかと、不安になってしまうのだ。

雑念を仕事に持ち込むまいと、一度は筆を止めようとしたものの、千恵の顔を思い浮かべると、考えることが力になるような気がした。

ゆえに律は筆を置くことなく、筆先に気を配りながらも考え続けた。

基二郎が施した下染めは、過不足なき文句なしの出来だった。

下染めの色と合わせながら、筆を誤らぬよう細心の注意を払う。

普段なら描き足すことで誤魔化せることも、白抜きとなるとそうはいかない。特に下染めが濃いところは、縁が甘いと雪華が沈んで見えてしまう。花を浮き立たせるためには縁取りをしっかりと描き入れなければならない。

下染めの絶妙さに舌を巻く度に、基二郎の話が思い出された。

――だから俺は……逃げ出したんです――

――お紫野に未練はあったが、染物を捨てるほどではなかった……――

あれこれ悩みは尽きないが、一つ雪華を入れる度に、描く喜びを内に感じた。

もっと……描きたい。

涼太さんと一緒になってもずっと――

だが涼太の立場を――気持ちを――ないがしろにするつもりも毛頭なかった。

好きなればただの妻ではなく、涼太の望む妻でありたいとも思うのだ。

涼太さんは私に何を望むのか。

私は涼太さんに何を望んでいるのか――

ふいに香の台詞が耳によみがえった。

――本当に好きな人だったら、なんとしてでも添い遂げたと思うもの――

諦めきれぬ想いがあったから雪音は菱屋を逃げ出し、幼馴染みの――その昔二世を誓った相手のもとへと走った。あの男も諦め切れなかったから、逃げて来た雪音を受け入れて添い遂げる覚悟を決めた。

栄一郎も「諦め切れぬ」のだろうが、栄一郎のそれは「想い」というより「執心」だ。

あの二人はどのような形で添い遂げるのか……

――お千恵が仕合わせであればそれでいい――

雪永はそう言ったが、一体どれだけの人間が雪永のように、無欲に誰かを想い続けることができるというのだろう。

お千恵さん……

面と向かってはとても訊けぬ問いを、律は代わりに雪華に訊ねた。

お千恵さんの望みはなんですか?

昔を思い出しても、思い出せなくても、村松周之助が千恵のもとへ戻ることはない。

それでもこのままずっと、村松さまを想いながら椿屋敷で密やかに暮らすのが、あなたの本当の望みなのですか……?

千恵が見上げた、夜空から降りしきる雪を思い浮かべながら、次の日も、その次の日も律は家にこもって雪華を描き続けた。

後身頃を描き終えると張り枠を変えて、袖を仕上げてから、前身頃へと取りかかる。

雪華の枝葉を一筋一筋抜き出す度に、過去と未来への想いが交錯した。

千恵の過去とこれから。

己の過去とこれから。

変えられない過去と、いくつもの道が開かれている未来。

筆先から巡り出す想い出と願望が、色が淡くなるにつれて徐々に一つに重なっていく。

夜明けから日暮れまでが随分短く感じた。食べていても眠っていても、どこか夢うつつだったが、手中の筆と眼前の雪華だけは判然としていた。

三日目にして――最後の雪華を描き切ると、律は大きく息を呑んだ。

鐘の音がはっきり聞こえてきて、律はつい長屋を見回した。

張り枠が散らかっていること以外、いつもと変わらぬ部屋である。

どうやら既に七ツらしい。

鐘を数え終えると、律は手元の、たった今描き上げた雪華を見つめた。

前身頃の胸元から少しずつ色を薄め、線を柔らかくしてきた。

輪郭をぼかした最後の雪華は、いつか千恵の手のひらで溶けた雪のつもりだ。

――捕まえても捕まえても……すぐに溶けていってしまうのよ――

言葉とは裏腹に、愛おしげに千恵は雪を眺めていた。

過ぎたことはどうしようもない。

未来は明日でさえ定かではない。

だが、ここには確かに「今」がある――

筆を置いて、律は溢れる充足感に身を任せた。

十一

その日の夜の五ツまでかけて、律は蒸しを一度済ませてしまった。更に翌朝には乾いた色を整えて、再度蒸しを施し、色をしっかり定着させた。

布が乾くのを待つ間に池見屋まで出向き、類から仕立て屋への紹介状と、巾着絵の注文を三枚受け取った。

長屋に戻ったのは八ツ過ぎだ。

一仕事終えた安堵から、今井とゆっくり茶でも飲もうかと木戸をくぐったが、あいにく今井は出かけたようである。

がっかりしつつ、向かいの佐久に火種をもらおうと炭運びを片手に表に出たところへ、なんと栄一郎がやって来た。

後ろに連れているのは耕介と同じくらいの年頃の、だが初めて見る男であった。

「ああ、あんた。名は確かお律だったたな。似面絵を一枚、急ぎで頼む」

「お断りします」

自分でもびっくりするほどはっきり応えていた。

栄一郎は一瞬呆気に取られたが、すぐににやりと笑って言った。

「一枚だけだ。ちゃんと三百文――いや四百文払ってもいい。まあ、とりあえず中へ入れてくれ。ここじゃ寒くてかなわん」

「お引き取りください。着物を乾かしてる途中なんです。迂闊なことがあっては困りますから、どなたも上げる気はありません」

「なんだと？」

「私の本職は上絵なんです。今日は大事な着物を仕上げているところです。それに私は似面絵はお上の御用しか受けません。先日、そうお話しした筈です」

「お上の御用にしてやってもいいんだぞ」

鼻息荒く、栄一郎が言う。

「雪音を連れ出したのはこいつの弟子で、文吾（ぶんご）という男だ。雪音はそいつに脅されて菱屋を逃げ出したんだ。つまり文吾は盗人（ぬすっと）だ。菱屋から――私から雪音を盗んだんだ！」

あの人がそんなことする筈がない――

言い返そうとして律は思いとどまった。

文吾という名は初めて知ったが、己が会ったことは悟られない方がいい。

また栄一郎の様子から、雪音はまだ見つかっていないのだと判って律はほっとした。

「文吾はそんな男じゃありやせん。師匠の遣いでちょいと留守にしているだけです」

「うるさい。お前は口出しするな！」

文吾の兄弟子へ怒鳴りつけると、律に向き直って栄一郎は脅した。

「なんなら、また青陽堂に乗り込んでってもいいんだぞ？　あの若旦那が雪音をどのようにもてあそんだか——町中に触れ回ってやってもいい」

「そんな……」

町の者に悪気はなくても、一旦噂が流れれば、清次郎の時のように半信半疑に食いついてくる者が現れる。

「お律さん、ここは穏便に」

栄一郎に反発しているらしい兄弟子までそう言うものだから、律は仕方なく頷いた。

「——判りました。代金は結構ですから、これきりだと約束してください。約束できぬと仰るのなら、今すぐ番人に来てもらいます。若旦那は若旦那。私には何一つ後ろ暗いことはありませんから」

「思ったより気の強い女だな。まあいい。約束しよう。自惚れるなよ。お前程度の絵師なんぞ、江戸には掃いて捨てるほどいるんだからな」

「……先ほど言ったように家には上げられません。新黒門町に笹屋という居酒屋がありますからそちらへ行きましょう。矢立を取ってきますから、木戸の外でお待ちください」

言い捨てて、律はぴしゃりと引き戸を閉めた。

笹屋への道中で文吾の兄弟子は頼太と名乗った。川南の平永町で、版木彫りを生業にしているという。

「まだ先なのか」と、ほんの七町ほどの道のりを栄一郎はぶつくさ言ったが、律の知る居酒屋は限られている。また笹屋なら、今井や恵明がいないだろうかという期待もあった。

残念ながら今井たちの姿はなかったものの、下描きを始めて律は内心首をかしげた。

頼太のいう文吾の顔が、一昨日律が見た男のものとどうも違うのである。

輪郭や目鼻立ち、耳の形などは、律が見た男とほぼ同じだ。だが、「鼻の右にほくろがあった」だの「八重歯だった」だの「でこの左上に小刀で切った三分ほどの傷がある」だのと、律には覚えのないことを頼太が付け足すものだから、どんどん違った印象になっていく。

思わず見やった頼太と目が合って、律は合点した。

似面絵から文吾さんが捕まらないよう、わざと嘘を描かせてるんだわ……

「……文吾は真面目な男でした。俺が品川に連れてった時から一人で悩んでた。雪音って女とは同郷の幼馴染みだったんです」

「だからなんだ」と、応えたのは栄一郎だ。「雪音も文吾も陸奥の出なんだろう？　江戸で捕まらなきゃ、街道を追わせてみるさ。江戸には、暇を持て余してるやつがいくらでもいるんだ。ちょいと金を積めば意のままだ」

似面絵を懐に入れながら、憎々しげに言い捨てる。

頼太は栄一郎には目もくれず、やるせない目をして律に語った。

「……雪音とは、餓鬼の頃からずっと一緒になると思っていたと、文吾は言ってやした。こんなことなら、江戸に出て来てからもっと必死にあいつを探せばよかった。いや、もっとずっと前――あいつが江戸に売られる前に、とっとと連れて逃げちまえばよかった、と」

「貧乏人が何をしようが無駄だ。売られたくなきゃ、借金なんぞしないことだ」

「子は親を選べねぇですからね……ま、旦那みてぇな跡継ぎを持った親――いや店もまた気の毒っちゃあ気の毒だが」

「この野郎！」

激昂した栄一郎が頼太の胸ぐらをつかんだ時、入り口から聞き慣れた声が律を呼んだ。

「お律じゃないか」

「広瀬の旦那さま――」

非番でもそれなりに整った格好をしているし、定廻り同心の顔を見誤る店主などいるものではない。栄一郎は慌てて頼太から手を放した。

「お律、一体こんなところで何をしている？」

その問いに、すらすらと応えたのは頼太であった。

脅されて似面絵を描かされているのだと頼太から聞いて、保次郎は栄一郎を一睨みした。

「脅したなんてとんでもない」

「その文吾という男が、女郎を連れ出したという証拠でもあるのか?」

「文吾は先日雪音を買って……雪音とは同郷だし、この数日見かけないと近所の者が」

「それだけではなんとも言えぬ」

「でも私は菱屋に前金を払って……」

「金のことは文吾にはかかわりがない。菱屋と話をつけることだ」

分が悪いと判じたのか栄一郎は、酒代を置いて逃げるように出て行った。

のちに判ったことだが、保次郎が現れたのは偶然ではなかった。

仕事場で、青陽堂と似たような難癖をつけられた頼太の師匠が腹に据えかねて、似面絵がいい加減になるようこっそり頼太に言い付けたのだ。

「ちょうど定廻りの旦那を見かけた後だったから、非番なのは判ってやしたが、あいつを諌めてもらえねぇかお頼みしようと、見習いを走らせました」

「相生町、青陽堂裏の似面絵師を訪ねて行ったと聞いてな。とすると、お律のことに違いない。お上御用達の絵師を悪用されてはたまらぬからな。しっかり言い含めてやろうと思って追って来たのだ」

律たちが笹屋へ向かったことは、長屋の佐久から聞いたという。

いつもならくすりとしそうになる保次郎の物言いも、今日は至って頼もしい。

「お上御用達ってのは、はったりじゃあなかったんですね。油断して、聞かれるままに答えてたら、どんどんあいつに似てくるもんだから、後で誤魔化すのに苦心しやした」

「似てない似面絵を描いたのは初めてです」

「あれなら文吾に会ったところで、やつと知れるこたねぇでしょう」

笹屋を出ると、空を見上げて保次郎が言った。

「どうやら今晩は雪になりそうだな……」

そうとなれば、急ぎ帰って、仕立て屋に布を届けねばなるまい。

「雪なんて困ります」

律は眉をひそめたが、頼太は口の端に微かに笑みを浮かべて言った。

「だが、文吾たちには恵みの雪でさ……二人とも雪国育ちだから、ちょっとやそっとの雪に足止めされるこたぁねぇ」

「恵みの雪……」

逃げ切って欲しい。

二人で仕合わせな――新たな暮らしを築いて欲しい。

願いを込めて、低く空を覆う雲を律も見やった。

十二

夜半から降り出した雪は翌日の夕方まで降り続け、江戸はすっかり白くなった。

雪が降る前に仕立て屋に布を届けた律は、翌日から長屋にこもり、巾着絵を描きつつ、雪華図説や椿の画本を写して過ごした。

師走もあと十日ばかり残すのみとなり、青陽堂を始め、町中がどこか落ち着かない。長屋でひっそり筆を動かしていても、表通りから残雪やぬかるみをものともしない人通りが聞こえてくる。

涼太だけでなく今井も忙しいらしく、律は毎日一人で茶を飲んだ。

笹屋へ行ってから五日後――巾着絵を届ける日の朝になって、池見屋の丁稚が長屋に現れた。巾着絵が仕上っていてもいなくても、八ツに店に来るようにとのことである。

気もそぞろに、描き終えた巾着絵を包み、早めに家を出てまだぬかるむ道を上野へ向かう。なんとか八ツ前に池見屋に着き、足元を綺麗にしてから店に上がると、商談に使われるいつもの座敷ではなく、更に奥の部屋へ通された。

がらんとした部屋には着物を掛ける衝立の衣桁と桐箱があるだけだ。寒いからか障子戸はぴったり閉めてあるが、どうやら池に面しているらしく、曇り空でも部屋は明るかった。

「道が悪いからね。お前に持たせて大事があっちゃ困ると、昨日、仕立て屋がこっちに届けて来たのさ。雪が降ったせいで家にこもりきりで、針が進んだと言ってたよ」

「そうだったんですか」

仕上がりは七日後と言われていたし、まさか池見屋に届くとは思わなかった。

「私が一番に見るのは筋違いな気がしてね。仕立てはまだ確かめていないんだ。お千恵と雪永が来る前に掛けちまいたいんだが、いいかい、お律？」

「お千恵さんと――雪永さんが？」

「だって早く見せたいだろう？　だから二人には昨日のうちに遣いを出したのさ。明日、椿屋敷でお披露目しようってね。そしたら驚いたことに――お千恵の方からこちらに出向くと言ってきたんだよ。あすこに越してからこっち、盆暮れにも店に……池に近付くことなんてなかったのにさ」

不忍池に身を投げたものの、九死に一生を得て息を吹き返した千恵である。不忍池や、その名の通り池端にある池見屋には近寄り難かったのだろう。

杵に送り迎えをさせるのは大変だからと、千恵は雪永が駕籠で迎えに行く手筈になっているという。

「お披露目は奥の部屋で――昔自分が使っていた部屋にしてくれとも言われてね。こっちはびっくり仰天さ。あの子が出てってからずっと空き部屋だったから、今朝がた急いで掃除させて——」

言いながら類が桐箱に手をかけたところへ、手代の征四郎がやって来た。

「雪永さんとお千恵さんがいらっしゃいました」

「ああ、もう来ちまったかい。それなら一緒に開けようか。通しておくれ」

雪永の後からおずおずと部屋へ入って来た千恵は、律を見てほっとした顔をした。

「お律さん。来てくだすったんですね」

「あたり前だろう。こいつはお律の初仕事だよ。着物を描いてこそ一人前の上絵師さ」

律より先に類が応えて、案内の征四郎の足音が遠ざかるのを待った。

「さあ、どんな椿が咲いているやら——」

手伝おうとした律を手でとどめて、類が桐箱を開く。

着物を見た類の顔が強張(こわば)った。

が、それも一瞬で、慣れた手つきで着物を広げる。

目の前でひらりと深緋が翻(ひるがえ)り、着物が衣桁に掛けられた。

袖を少しだけ整えて、表に回った類が言った。

「——いいね。意匠も。色も」

雪永は呆気に取られ、千恵は瞳を潤ませている。

形になり、掛けられた着物を目の当たりにして律の胸も熱くなった。

天から弧を描いて舞い降りてくる雪。

花となって重なり――積もっていく想い。

良いことも悪いことも、想い出となって混じり合い、今日を――こうして己の着物を見つめる瞬間を迎えることができた。

――描けた。

今の己にできることの全てを尽くして、思いのたけ描くことができたと思った。

「この着物で……いいのかい、お千恵？」

不安げに問うた雪永を、まっすぐ見やって千恵は応えた。

「ええ。椿の絵はどれも違うように思えたんです。でもこの絵は一目で気に入りました」

何がしかの決意を確かめるように、千恵がちらりと律を見た。

ゆっくりと障子戸に歩み寄り、そっと――だが自ら戸を開け放つ。

流れ込んできた冷気の向こうに、枯草と雪に囲まれた不忍池が広がった。

しばし池を見つめてから、振り返って千恵は言った。

「あの日のこと……池に落ちた日のことはまだ思い出せないんです。前の日に、周之助さまが店にお寄りになったことはちゃんと覚えています。遠州への旅路やご両親のことをあれこれ聞かせてくださって……なのに、池に落ちた日とその後のことはさっぱり――」

「いいんだよ、お千恵」

「いいえ、いけません、雪永さん」

とりなそうとした雪永に、千恵は小さくもきっぱり首を振った。

「思い出せないのは、死にかけたことだけじゃないんです。周之助さまと祝言を挙げたことも――夫婦になったことも、私は思い出せないんです」

眉根を寄せた千恵は、泣き出すまいとこらえている。

「何度も思い出そうとしたんです。文も読み返しました。でも思い出せなくて……お姉さんと、もしや……お律さんが何かご存知かと思ったけれど……怖くて問えませんでした」

「お千恵さん――」

「しかし思い出せたこともあります。昔の友人の言葉です。私は池に落ちてからおかしくなって、周之助さまは祝言を諦めて遠州に戻られたと……あれは本当だったのですね。だから私は、似面絵の周之助さましか思い出せないんです。周之助さまだって、もうとっくに三十路を過ぎて、目尻の皺だってもっと増えているでしょうに――私に思い出せるのは、あの日の前の周之助さまだけなんです。つまり……私一人が勝手に夢を見ていたのです」

今一度、着物の雪華を見つめて千恵が声を振り絞る。

「ですから……周之助さまが戻らないのは判りました。たとえ江戸行きになっても、私のもとへはもう帰って来ないのです」

こぼれた涙を千恵はさっと袖で拭った。

顔は強張っているものの、千恵の目に迷いはなかった。

「雪永さん、私……あの屋敷を出てもよいでしょうか？　お姉さんがよければ、お杵さんと一緒にここで暮らしたいんです……」

「……お千恵の好きにおし」

「お前の好きにすりゃあいい」

雪永と類が口々に応えた。

「我儘ばかりでごめんなさい」

深々と頭を下げた千恵に、今度は雪永が首を振った。

「いや、我儘なのは私も同じだ。屋敷も着物も私が勝手に……」

「でもおかげさまで、こんな見事な着物が」

着物を振り返って、千恵はやや不安げに雪永に問うた。

「この着物……私が袖を通してよいのでしょうか？」

「もちろんだ。お千恵のために頼んだ着物だよ」

雪永が言うと、ようやく千恵の顔が和らいだ。

「着物負けしそうで怖いわ」

「そんなことないさ」

横から口を挟んだ類が、ふふんと律を一目見やった。

「お前に似合うようにって、この上絵師お律が一から仕上げた着物だよ」

類の台詞を聞いて、千恵がようやく微笑んだ。

「そうだったわ。……ありがとう、お律さん」

「私からも礼を言うよ。ああ、心付けもうんと弾もう」と、雪永もにっこりする。

類からの思いがけない言葉に加え、千恵や雪永のこぼれるような笑みに胸が詰まって、律は頷くことしかできなかった。

十三

徒歩などとんでもないと、雪永が呼んだ駕籠に乗せられて、律は長屋に戻って来た。

相変わらず駕籠は苦手なのだが、素直に乗り込んだのは、着物の代金として五両、心付けに一分ももらったために、一人で帰るのが不安だったからだ。

金を預けがてら早速今井に報告しようと思ったものの、今井はまたしても留守らしい。

仕方なく己の家の引き戸に手をかけた時、涼太がやって来た。

涼太と顔を合わせるのは九日ぶり——文吾への金を受け取って以来である。

「お律」

「涼太さん、どうしたの?」

「大事な話がある。入れてくれ」

二月前——求婚と接吻を受けた日——と同じように涼太が言った。

どこか怖い顔をしているのもあの日と似ていたが、躊躇った目を見て、悪い知らせなのだと律は悟った。

既に七ツ半を過ぎている。

店仕舞いが始まる中を出て来たのだから、よほどのことなのだろう。

店に——もしくは慶太郎か香、今井に何かあったのだろうか。

それとも——

律が頭を巡らせる間もなく、上がりかまちに座った涼太が懐から財布を取り出した。

九日前に文吾に渡した律の財布である。

「少し前に土浦宿から来た人が届けてくれた。こないだの男と雪音は二人で土浦の……霞ケ浦って水海に身を投げたそうだ」

「そんな」

「俺とお前の二つの財布は、宿に文と一緒に言付けて行ったらしい。宿の者が同情して、身元の確かな江戸行きの人に託してくれたんだ。二人は若柴宿辺りで追手に気付いたそうだ。あの栄一郎って野郎は、どうやら追手にご浪人を雇ったらしい。二本差しに追われちゃ逃げ切れねぇと、身投げを決意したんじゃねぇかと……」

涼太が差し出した文を、律はおそるおそる広げた。

《りょうたさま
手形と道中のかかりに半分ほどつかいました
のこりはお返しいたします
おいいなずけとお仕合せに

文吾　おと》

文を書いたのは文吾のようだ。やや角張った、しっかりした文字が版木彫りを思わせた。

おと、というのは雪音の本名だろう。

涼太の財布からは一両ほど使われていたそうだが、律の財布の中身は手付かずだった。

栄一郎から受け取った二朱が、ひどく汚らしく、恨めしかった。

心中なぞ、律は講談くらいでしか知らぬことだ。

何も死ぬことはないではないか。

他にも道はあった筈だ。

そんなありきたりなことしか思い浮かばないのは、己がそこまで追い詰められたことがないからだろうか。

己の命を差し出すことで涼太が助かるのなら、迷わないように思う。

涼太もおそらくそうだろう。

現に律が親の仇と対峙した時、涼太は自らの危険を顧みず飛び込んで来てくれた。

でも言うだけなら、誰だって、なんだって言えるわ……

命懸けの恋を己は知らない。

もしも己が雪音で涼太が文吾だったなら、やっぱり死をもって添い遂げたのだろうか？

「今更何を言っても詮無いだけだ」

律だけでなく自分にも言い聞かせるように涼太が言った。

「無理心中じゃねぇんだ。二人が一緒に決めたことなんだ」

「ええ……」

「じゃあ、俺はもう戻る。財布を返して、二人のことを知らせたかっただけだからよ」

「あ、あの」と、律は急いで言った。

「なんだ？」

「その、私、今日……着物のお披露目をしたんです。池見屋で……お千恵さんの着物の仕立てが終わったので――」

「ああ、それで出かけてたのか。雪華模様の着物だったな。もう納めちまったのか……どんな風に仕上ったのか、俺も一目見てみたかったな」

「喜んでもらえたんです。お千恵さんにも、雪永さんにも。あのお類さんだって褒めてくれたんです」

「そりゃよかった」

一瞬目元を緩めた涼太だったが、すぐに真顔に戻って言った。

「……上絵師は紋絵や着物を描いたら一人前なんだろう？　とすると、お律はもう一人前だ。それに比べて、俺はまだしばらくは手代のままだが、そう長くは待たせねぇ。お前と一緒になりたいと思う気持ちは、餓鬼の頃からこれっぽっちも変わってねぇんだ」

――餓鬼の頃からずっと一緒になると思っていた――

頼太から伝え聞いた文吾の言葉が耳によみがえる。

しかし雪音と己が違うように、文吾と涼太も違う人間だ。男女の絆も千差万別で、香と尚介、佐和と清次郎、はたまたこれからどうなるやも知れぬ千恵と雪永など――これと定まったものなどない。

また、先のことは誰にも判らぬが、今の己の気持ちなら痛いほど確かに判る。

「そのことなんですが……」

眉をひそめた涼太に、勇気を振り絞って律は続けた。

「私……青陽堂に嫁いでも上絵を続けていきたいんです」

口を結んで律は涼太を見上げたが、涼太は何やらきょとんとしている。

「……そりゃあたりめぇだろう。お律は上絵師なんだから」

「だからその、巾着絵だけじゃなくて――片手間でもなく……もっと着物をたくさん描きたいんです。もちろんその……注文があればの話ですけど」

しどろもどろになりつつも真剣に言うと、涼太は小首をかしげながら顎に手をやった。

「そりゃあ、客あってこその商売だが……ああ、仕事場の話かこれは？」

「え？」

「だとすると、ちと厳しいかもな……家には既に親父の茶室があるからよ。台所も女中の出入りが激しいし――」

だからって、諦めるつもりはありません――

そう律が言う前に、のんびりと涼太は微笑んだ。

「なんならここを借りっぱなしにすりゃあいい。又兵衛さんだって否やはねぇだろう」

「で、でも――」

決意だの覚悟だの、思い悩んでいた己が急に恥ずかしくなった。

「でも、その、女将さんが許してくれるでしょうか……？」

「いい顔はしねぇだろうな。嫁が一日中家を空けてるってのは……だが、ここは店のすぐ裏じゃねぇか。それに俺が店を継いだら、おふくろに文句は言わせねぇ」

言い切った涼太だが、佐和を思い出したのか、やや目をそらして付け足した。

「まあその、家賃は俺の小遣いから出すという手も……」

どことなく拍子抜けしながら律は言った。

「お家賃くらい、自分で払います」

「お律がそうしたいならそれでもいいさ。俺はお前さえよけりゃあいいんだ。……まあ、そういうことも、これからおいおい話していこうや」

言い置いて立ち上がった涼太を、律は思わず引き止めた。

「待って。待って――ください」

「まだなんかあんのか？」

とっさのことで、何があった訳ではない。

ただ、涼太と一緒にいたかった。

「あ、あの……少しでいいんです。もうあとほんの少しだけ、一緒にいて……」

頰が熱くなってきて、涼太の顔をまともに見られず律はうつむいた。

涼太が上がりかまちに――律のすぐ傍に座り直した。

伸びてきた手が、己が膝の上で固く握りしめている両手の上にそっと重なる。

両拳がすっかり見えなくなるほど涼太の手は大きく――温かかった。

「……ほんの少しだけでいいなんて、そんな切ねぇこと言うない、お律」

心持ち困った声で涼太が言った。

「俺たちはこれからずっと一緒に――夫婦になろうって仲じゃあねぇか……」

「……はい」

胸が詰まり、それだけ応えるのが精一杯だった。
離れた涼太の手がおもむろに己の肩に回る。
抱き寄せられるままに、律は涼太にもたれて目を閉じた。

光文社文庫

文庫書下ろし

雪華燃ゆ（せつかもゆ）　上絵師 律の似面絵帖（うわえしりつのにづらえちょう）

著者　知野みさき（ちの）

2017年10月20日　初版1刷発行
2024年10月30日　4刷発行

発行者　三宅貴久
印刷　大日本印刷
製本　大日本印刷

発行所　株式会社 光文社
〒112-8011　東京都文京区音羽1-16-6
電話 (03)5395-8149　編集部
8116　書籍販売部
8125　制作部

ISBN978-4-334-77546-9　Printed in Japan

組版　萩原印刷

光文社時代小説文庫　好評既刊

照らす鬼灯　知野みさき
読売屋　天一郎　辻堂　魁
冬のやんま　辻堂　魁
倅の了見　辻堂　魁
向島綺譚　辻堂　魁
笑う鬼　辻堂　魁
千金の街　辻堂　魁
夜叉萬同心　冬かげろう　辻堂　魁
夜叉萬同心　冥途の別れ橋　辻堂　魁
夜叉萬同心　親子坂　辻堂　魁
夜叉萬同心　藍より出でて　辻堂　魁
夜叉萬同心　もどり途　辻堂　魁
夜叉萬同心　本所の女　辻堂　魁
夜叉萬同心　風雪挽歌　辻堂　魁
夜叉萬同心　お蝶と吉次　辻堂　魁
夜叉萬同心　一輪の花　辻堂　魁
夜叉萬同心　浅き縁　辻堂　魁

無縁坂　辻堂　魁
川烏　辻堂　魁
黙　辻堂　魁
姉弟仇討　鳥羽　亮
斬鬼狩り　鳥羽　亮
いつかの花　中島久枝
なごりの月　中島久枝
ふたたびの虹　中島久枝
ひかる風　中島久枝
それぞれの陽だまり　中島久枝
はじまりの空　中島久枝
かなたの雲　中島久枝
あしたの星　中島久枝
あたらしい朝　中島久枝
菊花ひらく　中島久枝
ふるさとの海　中島久枝
ひとひらの夢　中島久枝